まえがき

れだけ高くても、運が悪ければそれまでだ。
力を積み重ねたところで、報われない努力もあるだろう。
力にも努力にも限界というものがあるのだ。

においては、せっかくの実力が発揮できない環境にいたり、努力を公平
尽な上司の下にいたりしたら、あなたは日々、不運を嘆くことになる

同様だ。家族のこと。健康のこと。恋愛のこと。お金のこと。人間関係
く限り、あなたの悩みは尽きないのではないだろうか。壁を一つ乗り越
えたと思ったら、すぐにまた新たな試練が降り掛かってくるに違いない。それが現実だ。
人生ここぞという大切なときに、あなたを人生のどん底へ突き落とすのも運、あなたを成長・成功へと導いてくれるのも運、なのである。

運勢や運命とは、もはやどうにもならないものであると、諦めの境地にいる人も多いのかもしれない。

しかし「運不運」を、あなた自身でコントロールすることが可能だとしたらどうだろうか。

どうか諦めないでほしい。あなたの未来は変えられるのだから。


その真実を伝えるため、あえて本書をユーモラスなフィクションに仕上げた。

この物語は、奇想天外なキャラクターが「八人の神様」となって次々に登場する自己啓発ファンタジーである。

神出鬼没なコンシェルジュ、毒舌のおねえマスター、絶世の美女キャディ、超バブリーな成金男、大金持ちのホームレス、戦闘的なオタク銀行員、神秘的なメジャーリーガーなど、それぞれの〝メンターの力〟を借りて、うだつの上がらない若手ビジネスパーソンを〝幸運体質〟へと導いていくという成長の物語だ。

幸運な人生を送るための「八つのメッセージ」として、筆者の成功体験に基づいた論理的な根拠を書き連ねたつもりだが、世のビジネス書と比較すると、ほんの少し怪しい話になっている。賢明なるあなたの共感を得られたら幸いだ。

あなたがこれから「ツイてる人生」を送りたいと願うなら、この物語で描かれている奥の深いテーマを読み解くことをお勧めする。

そう、幸運の法則を学ぶことだ。

あなたは読了後、きっと大空を見上げ、こう叫ぶに違いない。

「俺はツイてる!」「私はツイてる!」と。

すべてのビジネスパーソンに向け、具体的にどんな行動をすれば運をコントロールできるのか、幸運な人生を送ることができるのか、本書を通してその〝真実〟を伝えたい。

目次

編集協力 西沢泰生

ストーリー❶

モーニングの神様

1

「ここはいったいどこだろう?」

新宿駅から山手線に乗った記憶がおぼろげに残っている。ああ、そうか。僕は始発電車に乗ったのだ。

ううっ、何なんだこの熱さは……。座席の暖房が猛烈に熱くてたまらない。カラカラになった喉の渇きで目を覚ました僕は、腕時計を見た。

「ええっ!」

目を疑った。もうすでに七時半を回っているではないか。

混雑してきた車内からは「次は~うえの~、うえの~」というアナウンスが流れている。あれからぐるぐるっと、山手線を二周半もしてしまったようだ。僕が乗り換える駅は品川《しながわ》だ。このまま内回りに乗っていると、さらにもう一回り、新宿《しんじゅく》を通過して山手線を三周半してしまうことになる。このままじゃいけない。いったん下車して外回りに乗り換え、品川方面へ引き返そう。

だが、そう簡単には起き上がれない。明け方まで飲んでいたアルコールがまだかなり残っているようだ。吐き気がして気持ちが悪い。激しい頭痛もする。お決まりの二日酔いの症状。これは毎週末のことだ。ここ最近、土曜日の朝を気持ちよく迎えた例《ため》しがない。

「ああ、最悪……」

ため息交じりの声を吐き出すと同時に、またしても〝後悔〟の二文字が頭をよぎった。

そのときだ。全身の血が逆流するかのごとき戦慄《せんりつ》が走った。まさか。そんなバカな。なんてことだ。

カバンがない。昨晩まで腕に抱えていたはずの黒いビジネスバッグがないのだ。慌てて立ち上がり網棚や足元を見回すが、影も形もない。

「えっ～!」「うそだろっ!」「くっ……くそっー!」

僕は混乱し、人目も気にせず大声で叫んでいた。

正面に座っている初老の男の膝の上に眼をやると、なんと黒いカバンを持っているではないか。

「あのっ、それっ、僕のカバンじゃ……」

男性は驚いてカバンを胸元に引き寄せると、愚か者を見下すように顔を歪《ゆが》めて、僕をキッと睨《ね》めつけた。よくよく見れば、黒は黒でも真新しい僕のカバンとは似ても似つかぬくたびれたカバンだった。僕は動揺して冷静な判断力を失っていた。

車内の捜索を諦《あきら》めて駅のホームに降り立つと、崩れ落ちるようにベンチへと座り込んだ。なんということだ。きっと、酔いつぶれた乗客を狙う置き引きに遭ったに違いない。まったくツイてない。駅員や警察へ届け出たところで、どうせ無駄だ。もうカバンが戻ってくる可能性は限りなく低いだろう。落胆は憂鬱《ゆううつ》に変わった。

この類《たぐい》の事件は、都会では珍しくない。弁解の余地も、同情の余地もないだろう。もはや自業自得《じごうじとく》である。それはわかり過ぎているほどわかっていることだ。なぜなら、就職してかれこれ八年、酔っ払ってカバンを失くしたのは、一度や二度ではなく、これが四度目の失態だからである。毎晩のように泥酔していたら当たり前なのかもしれない。「ツイてない」というより、これはもう起こるべくして起こったことなのだ。

前回の紛失事件にいたっては、自業自得の最たるものだった。

朝、目覚めて我に返ると、残暑の季節とはいえスーツとワイシャツを脱ぎ捨てパンツ一丁の姿で酔いつぶれていたのだ。しかもその場所は、由比《ゆい》ガ浜《はま》の海岸だった。東京から最終電車に乗って自宅の横浜へ帰ったはずなのに、なぜ、鎌倉《かまくら》の海にいたのか。まるで記憶がなかった。もちろん、カバンも財布もなかった。会社の後輩からは「水死体で発見されなくてよかったですね」と励まされたが、それは何の慰めにもならない。

あれから一年半、今日の事件も最悪だ。「もう失くさないぞ」という決意と戒《いまし》めの念を込めてデパートで購入した高価なビジネスバッグは、まだ月々のクレジット払いが終わっていないブランド物だ。

まあ、それは諦めるとして、問題は中身だ。財布、現金五万円、キャッシュカード、クレジットカード、Ｓｕｉｃａ、運転免許証、健康保険証、社員証、定期入れ、キーケース、システム手帳、名刺入れ、そして、最も困るのがパソコンとスマホだ。

通信手段が閉ざされただけでなく、写真やさまざまなデータのバックアップを録っていなかったため、お金では買えない数々の思い出や貴重な情報源がすべて失われた。

車内では酷《ひど》い泥酔状態だったようで、まるで惨殺死体のように「優先席」に横たわっていた。犯人にとっては、恰好の〝カモ〟であったろう。そもそも夜明けまで飲み屋を四軒もハシゴすれば潰れるに決まっている。わかっちゃいるけど飲み出したら止まらない。深夜を過ぎてもカラオケでマイクを離さない。飲めば飲むほど止まらなくなるのだ。

最後には仲間に見捨てられ、気がつくと独りぼっち。そうして、いまだに独身だ。もうすぐ三十路《みそじ》に突入するというのに、こんなことを繰り返している場合か。本当に情けない。

いつも後輩からは「海野《うんの》さんは、お酒さえ飲まなければ、いい人なのにねぇ」と慰められ、上司からは「海野、お前は、酒癖がよかったら、もっと出世してるだろうになぁ」と励まされる。そして女子社員からは「海野さんって、残念よね。アルコールさえやめたら、モテるのにねぇ」と呆《あき》れられているのだ。

四年前に婚約寸前だった福山幸恵《さちえ》からは「たっちゃん、お願いだから、もういい加減に、お酒はやめて」と懇願されたものだった。

幸恵とは、初めて会ってすぐ、恋に落ちた。彼女の〝大きな瞳〟に魅了されてしまったのだ。それはもう、運命の出会いだった、と思っていた。

本当にあと少しでゴールインするはずだった。それなのに僕は、幸恵の誕生日の前々日に悪酔いして、楽しみにしていたコンサートのプラチナチケット二枚と、誕生日プレゼントにとボーナスをはたいて用意しておいた大切な指輪を紛失したのだ。そのせいで幸恵の誕生日は台無しになった。

酒に飲まれる僕の悪いクセを案じ、いつも優しく諭《さと》してくれていた幸恵が、キレたのも無理はない。大した反省もせず、チケットと指輪の紛失を「ツキのなさ」のせいにして嘆き、ふて腐れていた僕に対し、幸恵から三行《みくだ》り半が突きつけられるまで、そう長くはかからなかった。

ほろ苦い想い出を回想しながら、ふらつく足で上野駅の階段を降りた。気休めにしかならないと知りつつ、かすかな期待を込めて、駅の「お忘れもの承り所」と最寄りの交番に盗難届を提出した。といっても、本当に事件が起きた駅の最寄りの交番はどこなのか、山手線を二周半した僕には皆目見当もつかなかったのだが……。

さて、どうしよう。一文無しだ。途方に暮れた僕は、駅ビルのベンチにへなへなと腰掛け、うなだれていた。もう立ち上がる力も、顔を上げる気力も残っていなかった。

しばらくすると、床を見つめる視界に入ってきたのは、シルバノ・ラッタンツィの高級ブランド靴だった。僕は学生時代、羽田《はねだ》空港のエグゼクティブ・ラウンジで靴磨きのアルバイトをしていたので、革靴への強い憧憬《しょうけい》とそれなりの蘊蓄《うんちく》を持っている。

巷《ちまた》で「靴のロールスロイス」と呼ばれているその革靴はすべてオーダーによる特殊デ

ザインだ。軽く百万円はくだらないだろう。不幸のどん底にいる今の自分と対極にある〝幸せの象徴〟が、その靴の持ち主であるかのような嫉妬《しっと》を覚えていた。

「ばかやろう」と、心の中で叫んだ。

すると、その〝ロールスロイス〟は、カツカツカツと僕に向かって真っすぐに近づいてくるではないか。そして僕の目の前で「停車」したのだ。でも、こんなお金持ちが僕に用事があるわけもなく、顔を上げずにいると、目の前の男性は一向に立ち去ろうとしない。

「お困りのようですね」

透き通るような美声に驚き、顔を上げると、そこには満面笑顔の爽《さわ》やかなイケメン・ビジネスマンが仁王立ちしていた。

「よかったらこれ、使ってください」

差し出されたのは、ピン札の〝福沢諭吉〟だった。

2

「その節は、ありがとうございました。本当に助かりました。なんといってお礼を申し上げたらいいいか……」

あれから一週間後の土曜日、僕は東京・恵比寿《えびす》にある一流ホテルのカフェにいた。

そう、あの笑顔の爽やかな〝恩人〟とコーヒーを飲んでいた。

「いえいえ、返していただかなくてもよかったんですよ、ホントに」

「いや、そんなわけにはいきませんよ。ちゃんと借りたお金はお返しして、お礼もさせていただかないと……」

「そうですかぁ。では、確かに。一万円」

「ありがとうございました」

あのとき僕は、見ず知らずの方に、こんな大金を用立てていただくわけにはいかないと断ったのだが、小額紙幣がないからと強引に一万円札を握らされ、あっという間に立ち去ってしまった。いや、二日酔いとカバン紛失のショックで朦朧《もうろう》としていた僕の前から忽然《こつぜん》と消えてしまった、という感覚のほうが正しい。そう、まるで幽霊のように……。

なんとかお願いして、名刺をいただくのがやっとだった。名刺にはコンサルティング会社の取締役「朝井昇《あさいのぼる》」とあった。その名刺のおかげで連絡が取れ、こうして再会することができたのだ。

「差し上げたつもりだったので、本当に返していただかなくてもよかったんですけど、あなたが電話でどうしてもとおっしゃるので。申し訳ないと思いながらも、休日の早朝にこちらのほうまで出てきてもらうことになってしまって」

「とんでもありません。こちらこそ、お忙しいところ無理にお時間を頂戴《ちょうだい》いたしまして、申し訳ありません」

そう答えたものの、本音を言えば、早朝六時半に呼び出されるとは思ってもいなかった。横浜から出てくるには、始発電車に乗らないと間に合わない時間帯だ。土曜日はいつも二日酔いでお昼近くまで寝ていることが多いこの僕が、休日にこんな早起きするなんて、いったい何年ぶりだろうか。

絶対に遅刻するような失礼があってはならないと思い、昨晩は飲み会の誘いをキャンセルして、そそくさと自宅へ帰り、十時前にはベッドへ入ったほどだ。それでも今朝は、起きてから何度あくびをしたかわからない。今もあくびをかみ殺すのに必死だ。

「やっぱり、アレですねぇ。休日の早起きは気持ちのいいもんですねぇ」

僕は無理をして見栄《みえ》を張った。

ただ、こうして起きてしまえば、まんざら嘘とは言い切れない。ここにやってくるまでの電車の窓からは驚くほど美しい日の出を見て、思いがけず感動してしまった。それに、早朝の空気はおいしく感じる。何なんだ、このたとえようのない清々《すがすが》しさは……。

今日は一月とは思えないほどのポカポカ陽気で、歩くときはコートを脱いでちょうどいい。異常気象の影響なのだろうか。いや、何か〝普通〟じゃないことが起こりそうな、そんな胸騒ぎがしていた。

「先週の土曜日も早朝からお出かけだったようで。うみのさんは、いつも朝がお早いんですね」

「えっ、まあ、そ、そんなところです」

目線を逸《そ》らし、窓の外に広がる庭園を眺めるふりをしながら適当に相槌《あいづち》を打った。だいたい僕は「うみの」じゃない。「うんの」だ。

そんなことより、この店のコーヒーは一杯で二千円もするのか。とんでもなく高い。大盛り牛丼が四、五人前も食べられる値段じゃないか。やっぱり、二人分のコーヒー代四千円は、お礼する立場上、僕が支払うんだよな、一万円の利子にしては高くついたな、という僕のセコい計算を見透かしたかのように彼は言った。

「コーヒー代の支払いはご心配なく。部屋につけておきましたから」

おいおい、ここの高級ホテルに泊まっているのか。何者なんだ、この男は。

「といっても、株主優待サービスなんですよ、ここのコーヒー代も」

朝井昇は嬉しそうに笑い、ウインクをして親指を立てた。

「ホント、ツイてますよね！」

何なんだ、この爽やかな明朗快活さは……。今時サムズアップなんて、かなり時代遅れのオーバーリアクションだが、それがやけに似合う。

「そ、そうなんですか……。すいません。では遠慮なく。えへへ」

僕も卑屈な愛想笑いで空気を合わせた。

「それにしても、先日は災難でしたね、うみのさん」

終始笑顔だった彼が、急に気の毒そうな顔と声に変わった。

「あの～、朝井さん、すいません、僕は『うみの』じゃなくて、『うんの』っていうんですよ。海野達彦《たつひこ》と申します」

「あー、すいません、そうでしたね。失礼、失礼」

彼は大袈裟にのけ反《ぞ》って、右手で後頭部を二度叩いた。いちいち大袈裟な男だ。

「いえ、いいんです。慣れてますし。『運の悪いうんの』と覚えてください。ははは っ」

「……」

彼はクスリともせず、コーヒーへミルクを入れた。

「でも、朝井さん。なぜあのとき、見ず知らずの僕にお金を貸してくださったんですか？」

「いえね。実はあのとき、偶然、私が交番で道を尋ねていましたら、うみのさん、いや失礼、うんのさんが困った様子で、警察官の方と盗難届の手続きをされているところを見てしまいまして。その後しばらくして、用事を済ませて駅に戻ってみると、ベンチでうなだれているうんのさん、あなたを偶然に見かけた、というわけなんです」

「なるほど、そうだったんですか」

「交番の電話を借りて、慌ててカードを止めている会話とか、いろいろと個人情報が聞こえてしまったものですから。生年月日や職場も近いんだなぁと思って。なんだか他人事《ひとごと》とは思えなくて」

「えっ、そこまで聞かれてたんですか。っていうか、同い年なんですか？」

「そうなんですよ。偶然にも。もうすぐ三十歳」

信じられない。十歳は年上だと思っていたのに……。この物腰の柔らかい落ち着きと、風格漂うエグゼクティブ感。それでいて、まったく嫌みのない爽やかな笑顔。放たれるこのオーラはどこから来るのか。不思議な男だ。

「ではまた、どこかでお会いしましょう。ごきげんよう」

「ありがとうございました」

別れ際に「ごきげんよう」とは。同級生にこんな挨拶をする友達はいない。

僕はJRの改札口へ、彼は徒歩で代官山《だいかんやま》へ向かい所用を済ませるという。

別れた直後に振り返ると、彼は道に落ちていた空のペットボトルをサササッと拾い上げ、近くのゴミ箱へ捨てた。少しも無駄のない自然な動きで、ペットボトルのビニールをバリッと剝がし、一瞬でゴミの分別までしていた。その姿は、まるで「神業《かみわざ》」のように素早く華麗なフォームであった。どこまでデキた男なのか。

僕にとってゴミの存在は、拾う物ではなく、捨てる物だ。ますます自分のだらしなさを痛感させられ、胸の奥のほうがどんよりした。

3

あれから一か月のときが流れた。僕はもうすっかり事件のことも彼のことも忘れていた。しばらく控え目にしていたお酒も「そろそろ喪が明けたかな」と。この週末は残業もそこそこに、はやる気持ちを抑えつつ歌舞伎町《かぶきちょう》の入口に佇《たたず》んでいた。戦場に舞い戻った戦士のように、意気揚々と歓楽街のゲートを見上げていた。

「あれっ、海野さんじゃないですか！」

その声に驚いて振り向くと、そこには朝井昇の笑顔があった。

「あー、朝井さん。なんでまた、こんなところで」

僕は慌てて歌舞伎町に背を向けて叫んだ。まさに〝こんなところ〟である。まるで、僕が歓楽街に戻るのを見ていたかのようなタイミングだ。

「いやー、偶然ですね。海野さん」

「ええ、まあ、ホントに」

「あっ、海野さん。ちょうどよかった」

彼は相好《そうごう》を崩した顔の前で両手をパチンと叩いた。今日の朝井昇は前回にましてテンションが高い。オーバーリアクションにも磨きが掛かっている。

「えっ？　何か？」

「たしか、海野さんは独身でしたよね。実は、明日の土曜日、先日の恵比寿のホテルで異業種交流会があるんですけど、よかったら参加されませんか？」

「交流会ですか……」

「といっても、堅苦しいものではなくて。ワイワイ楽しめる食事会みたいなもので。合コンのような出会いの場でもあるんです。独身男女の人数をちょうど八人ずつに合わせて、最新のビジネス情報を交換し合うんですよ」

女性が八人？　人数合わせ？　先週、三十歳の誕生日を一人寂しく牛丼屋で迎えた屈辱がまだ冷めやらぬ今、この魅惑的な誘いには、もはや胸のざわつきが抑え切れなかった。

しかも、朝井昇の放つ迫力あるオーラと屈託のない天真爛漫《てんしんらんまん》さには、「断れない」という気にさせる何か得体《えたい》の知れない〝力〟を感じた。

「まあ別に明日の予定はないですし、暇って言えば、暇なんですけど。僕みたいな奴が参加して大丈夫なんですか？」

「もちろん。大歓迎ですよ。それに、たまたま男性の一人からキャンセルが出てチケットが一枚余ってるんです。どうぞどうぞ、これ」

「な、なるほど」

しかし、手渡されたチケットをよくよく見てみると、そこには「会費二万円」と記されていた。おっと、危うく巧妙な手口に引っかかるところだった。チケットを返そうと、息を吸って口を開きかけたその瞬間。

「会費は不要ですからね。さっきドタキャンした男性から、申し訳ないから誰かにこのチケットを譲ってあげてくれって渡されたばかりで。だから、お代は結構ですよ」

「いや、ちゃんと払いますよ、会費くらい」

心にもないことを言ってみる。

「いやいや、それじゃ、ダブルインカムになっちゃいますよ。それに今日の明日で、突然の誘いということもありますし。どうか気になさらないでください」

「そうですか……。じゃ、ま、遠慮なく」

「よかった。じゃ、決まりですね！　ツイてますねー、海野さん」

「えっ？　あ、ありがとうございます」

ツイてるって……僕が？

朝井昇は爽やかに微笑んでいる。

「では、急いでますので、今日はこれで。じゃ、明日！　あっ、チケットにも書いてありますけど、時間は六時半スタートですから、遅れないようにお願いしますね！」

「大丈夫ですよ」

「ですよね！」

彼は親指を立ててウインクした。僕はウインクがこれほど似合う日本人男性を、この朝井以外に見たことがない。それぐらい様《さま》になっていた。

颯爽《さっそう》と雑踏の中へ消えていく朝井昇の後ろ姿を眺めながら、僕はもう一度チケットに目をやった。

「ええっ！」

思わず道行く人が振り返るほどの大声を張り上げてしまった。

交流会の開始時刻が、太文字で大きく「AM」と記されていたからだ。六時半は六時半でも、なんと、朝の六時半だったのだ。早朝から二万円の食事会をするなんて、いったいどんな連中なんだ。バカげてる。やっぱり参加を辞退しようと、すぐに彼を追いかけようとしたが、もう影も形もなかった。そう、またしても、幽霊のように彼は消えた。

僕は追うのを諦めた。と同時に、心の中で何かがはじけて飛んだ。なんだかこのチケットが、ある種の「挑戦状」のように思えてきたのだ。

「こうなったら、明日は早起きしてやるか！」

僕は覚悟を決めると、歌舞伎町に背を向け、新宿駅へと速足で歩き出した。

僕は気持ちが昂《たかぶ》り、なぜか親指を立てると、ぎこちないウインクをしていた。

4

今日は朝から運がいい。

寝惚《ねぼ》けた頭をシャキッとさせようと、駅前のコンビニでコーヒーを買ったところ、「開店以来、早朝限定の『モーニングコーヒー一万人目』のお客様おめでとうございます」というアナウンスとファンファーレが流れ、ドドーンと垂れ幕が下りてきた。

なんと、豪華温泉旅行のクーポン券とカップラーメン一年分のチケットが当たったのだ。

いや〜、驚いた。こんなことってあるのか。

気分よく土曜日の始発電車に乗り込むと、車内はガラガラに空《す》いていた。僕の乗った車両は貸し切り状態だった。シートのど真ん中に腰を下ろし、しばらくうとうとしていると、甲高いすっとんきょうな声で叩き起こされた。

「海野さん！　海野さんじゃないっすか！　いや〜、懐かしいなぁ。久しぶりっすねぇ」

大学の後輩、恩田信次《おんだしんじ》だった。

「おお、びっくり。恩田、久しぶりだな。生きてたのか」

「生きてたのかじゃないっすよ、もう。それは海野さんのほうじゃないっすか！」

彼は大学では二学年下だったが、実は二浪していて同い年ということもあり、中途半端な敬語を使う。

「えっ？　俺が？　何で？」

「何でって。携帯番号もメールアドレスも変わっちゃったみたいだし。皆、海野はどうしてるって心配してたんすよ」

「あっ、そうか。ごめん、ごめん」

カバンを失くすたびに、友人との関係も途絶えていったのだ。

「こんな朝早くからどうしたんすか。らしくないっすね！　ははっ」

恩田は僕が返答に困っていることなど気にも留めず、ハッとしたようにもぞもぞとカバンをまさぐっている。

「会えてよかったっす。はい、これ」

恩田は財布から一万円札を差し出した。

「ずっと気になってたんすけど、ほらっ、借りてた一万円。返しますね」

「えっ、一万円って？　あ、あれか……」

すっかり忘れていたが、そういえばサークルのＯＢ会で何軒かハシゴしたとき、現金の持ち合わせがないという恩田に金を貸したような気がする。

「これでスッキリしました。ずっと気になってたんで。再会できてよかったっす」

律儀《りちぎ》な男だ。こんなラッキーなこともあるんだなと思い、ちょっと感動した。

「今日はフレックスで早番なんすよ。最近はすっかり早起き派になって。なんだか、おかげで仕事も調子いいっす！」

確かに高級そうなスーツを身にまとい、ブランド物の時計を腕に巻いている。以前の恩田とは想像もつかないほど、かなり羽振りがよさそうだ。

「おっと、次の駅で降りないと。じゃ、ここで」

慌ただしく連絡先を交換して降りていった恩田と入れ違いに、千鳥足《ちどりあし》でふらふらしたサラリーマン風の中年男が乗ってきた。

衣服は乱れ、異臭が漂う、明らかな酔っ払いである。僕の正面にドサッと座り込むと、一瞬でいびきをかき始めた。大きく口を開け、だらしなくよだれを垂らすその姿は、まるで自分自身を映す鏡であるかのように反射して見えた。

あれが、僕の日常の姿なのかと思うと虚しくなり、重苦しいため息が出た。


一か月ぶりにあの恵比寿のホテルに到着した。

「会場は八十階」とチケットに記されている。「このホテルに八十階なんてあったかな？」と首を傾げながら直通エレベーターに乗り込んだ。得体の知れない胸騒ぎを覚えたが、思い切り深呼吸をすると、少し落ち着いた。

高速の展望エレベーターからは、都会の街が一望できた。それはまるで、天まで昇っていく錯覚に陥るほどぐんぐん上がっていった。雲が遥か下のほうに見える。すれ違う一つの雲が、人の顔に見えてくる。そして、僕に向かってウインクしているようにも見える。ふわふわした期待が押し寄せてきて、鼓動が激しく高鳴った。

ホール前の入口では、舞台俳優のように大仰なジェスチャーで朝井昇が出迎えてくれた。百人規模で結婚披露宴ができるであろう大きな会場に、白いテーブルクロスの掛かった丸テーブルが二つ配置されていた。なんとまあ贅沢極まりない朝食会だ。開始十分前に着いた僕が最後の一人だったようで、すでに男女全員が交互に着席していた。

あたりを見回すと、ビジネススーツを着ているのは僕だけだった。参加者は揃って〝カジュアルな正装〟をお洒落に着こなしていた。場違いなドレスコードで〝浮いている〟自分が恥ずかしく、「ああ、もう早く帰りたい」と居たたまれない気持ちになる。有名シェフプロデュースのフルコースを味わう余裕もなかった。

そんな僕の動揺をよそに、朝井昇のウイットに溢《あふ》れる天才的な仕切りによって、上品かつ闊達《かったつ》に会は進行していった。

参加者は皆、洗練された美男美女ぞろいだった。それでいて、誰もが穏やかで嫌みがなく、いかに早起きすることが素晴らしいのかという情報を、それぞれが見事なまでに〝披露〟していた。

「夜のパーティーより朝のほうが健康的で、頭もすっきり冴《さ》えるし、気持ちいいわ〜」

「はい、やっぱり朝はいいですね。僕のチームの会議も早朝ばかりです。やっぱりいいアイデアが出ますよね」

「そうよね。早朝だと、満員電車のストレスからも解放されて、ホント楽よね」

「うんうん。車の渋滞もないから、朝からイライラしないで済むし」

「それに、朝が早いとプライベートも充実するわ。一日が長くて得した感じ！」

「僕も数年前は夜型でしたが、今ではすっかり朝型です。早起きの生活習慣に変わってから、業務の効率化にも成功しましてね。一気に事業拡大できたんですよ」

「なんといっても、早起きしていると運がよくなるのよねぇ。ツイてくるのは、間違いないわ。モーニングの神様って、絶対いると思う」

男女の会話が丸テーブルをぐるっぐるっと駆け巡るように「早起きのメリット」が僕の耳へと矢継ぎ早に飛び込んできた。

こんな会もあるのだな、と思った。でも、何かが引っかかった。そう、何もかも出来過ぎなのだ。まるで映画の一シーンのように……。

交流会も中盤に差し掛かったそのときだ。隣のテーブルで後ろ姿しか見えない一人の女性が気になり始めた。時々チラッと見える横顔に見覚えがあった。初めは他人の空似《そらに》か、僕の願望がそう錯覚させているのかと思ったが、そうではなかった。

その女性は間違いなく「福山幸恵」だった。

四年ぶりに会った彼女は、さらに美しくなっていた。僕が魅了された〝大きな瞳〟は、むしろ輝きを増している。

顔を拝むのは四年ぶりだが、実はこの四年の間に、僕は未練たらしくも二度、彼女へ復縁を迫っている。一度目はフラれた年のクリスマスイブだ。友人宅のパーティーでシャンパンをしこたま飲んだ僕は、酔った勢いで幸恵に電話をかけた。「メリークリスマス」を伝えるだけのつもりが、気がついたら「サチ、もう一度やり直さないか」と泣きながら復縁を迫っていた。しかし、懇願する僕への答えは冷淡だった。

「たっちゃん、酔ってるの？　無理よ」

それだけで電話を切られた。以来、電話もメールも「ブロック」されてしまったのだが、それでも諦め切れない自分が情けなかった。

そして再アプローチは二年前だ。またしても酒を飲んだ勢いで、桜新町《さくらしんまち》の彼女のマンションまで押しかけた。そのストーカーまがいの行動は、警察を呼ばれてもおかしくなかったが、インターフォン越しの幸恵の声は驚くほど優しかった。

今から思えば、あれはきっと僕への「憐《あわ》れみ」みたいなものだったのかもしれない。でも僕は「幸恵は嫌がっていない」と勝手な解釈をして、執拗《しつよう》に食い下がった。

「どうしたら僕たち、やり直せるかな？　僕はどうしたらいい？」

彼女はしばらく沈黙してから言った。

「そんなこと、自分で考えたら？」

結局、僕を部屋へ招き入れてくれるわけもなく、彼女の顔を拝むことさえできなかった。それ以来、「どうしたらいいのか」という宿題に、僕は答えを出せないままでいた。


それにしても、なぜ幸恵がこんな交流会に……。

幸恵はまだ僕に気づいていないようだ。

視線を釘づけにしていると、幸恵が椅子を引いた。化粧室へ行くのだろうか。よし、チャンスだ。僕も立ち上がり後を追った。幸運にも化粧室はフロアの奥だ。早朝のせいなのか、ほとんど人らしい人はいない。声を掛けるにはもってこいのシチュエーションだ。

僕は化粧室から出てくる幸恵を待ち伏せして声を掛けた。

「よおっ、サチ、おはよう」

彼女は驚く様子もなかった。僕が参加していたことに、気づいていたのかもしれない。

「うん、おはよう。お久しぶりね」

嫌な顔をされるかと思ったが、意外にも小悪魔のようにくすくすと笑った。

僕は呆気にとられた。

「何で、たっちゃんがこんなに早起きしてるわけ。ウケる」

彼女がここへ来るきっかけを聞いて驚いた。僕と同じように、偶然知り合った朝井昇からチケットを譲ってもらったというのである。こんな偶然に偶然が重なることってあるのだろうか。僕は一切、朝井昇には幸恵のことを話していない。

幸恵は先に席へ戻った。僕は急いで用を足し、会場へ戻ると、交流会は席替えタイムとなっていた。テーブルには、スイーツとフルーツが運ばれようとしている。僕は空いている席に座ると、隣の席には幸恵がいた。

しばらくの沈黙を切り裂くように彼女が口を開いた。

「たっちゃん、まだ、お酒飲んでるの？」

「ううん、もうやめたよ」

嘘ではない。今日からやめたのだ。これからもずっと。今ここでそう答えを出した。

「へぇー、何でまた？」

「やっぱりさ、早寝早起きすると、ツイてることが起きるから」

「たっちゃん、一体どうしちゃったの。ふふっ、でもそうかも」

「サチはどうしてそう思うの？」

「うーん、よくわかんないけど。あれからいいことなくて。ここ最近、あの朝井さんの影響で、なんとなく早起きするようになって。ジョギングとかボランティアとか始めたわけ。そうしたら、なんだか世の中、悪いことばっかりじゃないかもって気がしてきて」

「ふーん、そんなもんかねぇ」

僕は曖昧《あいまい》な相槌《あいづち》を打ちながら、不思議なほど納得していた。

「っていうか、今まで受け身の人生だったと思うの。『起きなければならない』って、イヤイヤ起きて一日がスタートするでしょ。そのまま色んなことに一日中振り回されて。それで寝て、また起きて……。その繰り返しだった。でもね、自分の意思で早起きしようって決めたら、なんだか自分の人生のイニシアチブを握れたような気がするのよ」

「なるほどねぇ」

四年ぶりに再会を果たした彼女と会話を交わしながら、僕はまだ、うまいこと「失恋」できていない自分に気づいた。

僕は今朝からの「幸運な出来事」を一つ一つ思い出していた。そして、この幸恵と出会えた〝奇跡的な幸運〟を噛みしめていた。失くしていた大切な「落とし物」が僕の下に届いたような、そんな気がしていた。

僕は振り返って朝井昇を探したが、もうどこにも見当たらなかった。

やがて交流会は、雲が晴れるように、三三五五、解散となった。

駅までの帰り道。僕は幸恵と二人で遊歩道を歩いていた。

「いや～、今日は驚いたよ。こんな場所でサチと再会できるだなんて」

「ほんとね」

「あの……、また、会えるかな？」

「どういう意味？」

「だからさ、なんていうか。サチと二人で」

「えっ、二人で？」

「そう、久しぶりに金曜日の晩に食事とか」

「……」

「どうかな？」

「お断りするわ」

「そうか。やっぱり。そうだよね」

「絶対にイヤ」

幸恵の言葉がジャックナイフのように僕の心に突き刺さった。

「ううっ、そこまで言わなくても」

幸恵は足を止めて微笑んだ。

「でも……」

「でも？」

思わず僕が聞き返すと、彼女は大きな瞳を輝かせ、真顔で答えた。

「朝食ならいいかも」

僕はその言葉に、胸がキュンとなった。

胸に突き刺さったナイフは、いつの間にか、愛のキューピッドがハートに放つ「運命の矢」に変わったような気がした。

そのとき、季節外れの入道雲が笑った。

ストーリー❷ ミステイクの神様

1

早朝のデートをきっかけに「よりを戻した」僕と幸恵は、一年後にめでたく結婚した。僕は、その結婚というゴールへ至るまでの苛酷《かこく》な〝修行の日々〟を思い起こすたびに、感慨深いものが込み上げてくる。

毎週土曜日の「モーニングデート」に備え、週末の夜は十時前に就寝して四時半に起床するという生活が続いた。いくら幸恵との約束とはいえ、正直、初めはきつかった。頑張れたのは愛の力といえばカッコいいが、もはや男の意地でしかなかった。

その「敗者復活戦」ともいえる朝食デートが八度目を迎え、ゴールデンウイークを間近に控えたある朝、さらに苛酷《かこく》な課題が幸恵から突きつけられた。そろそろ「次はディナーね」という、甘美な誘いを期待していた僕の煩悩《ぼんのう》は一気に打ち砕かれたのである。

「ねぇ、たっちゃん、来週から一緒に走らない？」

「それって、ジョギングするってこと？」

「うん、そうよ」

「ああ……。別にやってもいいけど。やっぱり、朝、だよね？」

「もちろん！　あら、乗り気じゃないようね」

「いや、そんなことないよ。そんなことないんだけど、まあ、こうして早朝のカフェでサチと二人してさ、ゆったりとブレックファーストを味わうのも悪くないなぁと思って」

僕はコーヒーカップを鼻に近づけ、香りを楽しむポーズを作った。

幸恵は、フレッシュジュースの残りをストローで静かに飲み干すと言った。

「私は週のうち、五日くらい走ってるけど気持ちいいわよ。頭もスッキリ冴えてくるし、一日の気分が快調そのもの」

幸恵はガッツポーズで作った拳《こぶし》を僕の顔面に振り下ろし、可愛く微笑むとジャブを二回打った。

「ダイエットの効果もあるわよ」

幸恵は僕のダブついてきた下っ腹に視線を落とす。僕は思わず息を止めて、腹をへこました。幸恵は大きな目を見開いて言った。

「たっちゃん、うちの近所に引っ越してきたら？　駒沢《こまざわ》公園で一緒に走りましょ」

「えっ、引っ越しも？」

「だって、そうすれば休日だけじゃなくて平日も一緒に走れるじゃない」

「ま、確かに、それもそうだね」

「だったら、いっそのこと一緒に住んじゃう？」

「ええっ！」

「なんて、なんてね。ふふっ。まあそれはともかく、来週はランニングシューズを履いて来てね」

「わかった、わかったよ。よし、走ろう」


そうして、僕のさらなる試練は続いていった。真夏を乗り越え、秋になっても走り続け、半年が経った。この頃になると、二人仲良く地域のハーフマラソン大会に出場するほど、ランニングが熱を帯びていったのだから、人生とは本当にわからないものだ。まさかここまで頑張れるとは……。

改めて、僕自身がストイックな性格であることにも気づいた。いったん、取り組み出すと何事にも猪突猛進《ちょとつもうしん》、突っ走り過ぎるところがあるのだ。仕事もそうだし、深夜のハシゴ酒もそうだ。そして、恋愛も。

やがて僕は、早起きを継続することで、結婚という「幸せのゴールテープ」を切ることができた。敗者復活戦のステージを勝ち上がったのだ。今こうして幸せな新婚生活を満喫している自分が信じられない。すべての現実がまるで夢のように感じられた。

あれから朝井昇とは一度も会えていない。幸恵の口からも、朝井昇の名が発せられることはなかった。

彼は今、どうしているだろうか――。

2

生活サイクルが一変した時期を境に、あらゆることがうまく回り出した。顕著だったのは、〝仕事運〟が急上昇していったことだ。家庭を持った責任感によってモチベーションが高まったこともあるが、決してそれだけではない。

僕が一部上場の大手食品メーカーに入社してから九年になる。入社当初から営業現場で猪突猛進、圧倒的な実績をあげていた僕が、なぜか五年目にお客様苦情相談センターへと飛ばされた。それからというもの、理不尽なクレームにも、泥水をすするような気持ちで頭を下げ続ける日々に、ストレスは限界に達していた。

まったくと言っていいほどツキに見放されていたのだ。

そんな僕が、ついに花形部署であり、出世への近道と言われている商品開発部販売促進課の要職に抜擢《ばってき》された。社運を賭けた新プロジェクトチームを任されることとなったのだ。たった四人だけのチーム長とはいえ、ついに管理職へと昇進したのである。

そもそも僕は、営業成績は常にトップクラスにいたし、クレーム対応についても高評価を得ていた。それを思えば、もっと早く出世していてもおかしくなかった。

一生懸命に働き出したら、やはり僕は止まらない性格なのだ。酒を飲み出したら止まらないのも同様だが……。

不遇に追いやられていたのは、酒のせいだけではない。とにかく運がなかった。お得意先の倒産、引き継いだ前任者の不正による大量返品、工場の衛生問題による異物混入事件と、僕が行くところ行くところで後始末をさせられた。本当に不運の連続だった。その頃から僕は「ツイてない」を口癖にしていた。

でも、今は違う。まさに飛ぶ鳥を落とす勢いとは、このことだろう。上司からの寵愛《ちょうあい》を受け、親切な取引先や協力者にも恵まれ、好景気も僕を後押ししてくれた。公私ともに充実していた。

ところが、唯一、僕を悩ませている問題があった。

「鶴岡《つるおか》、またお前か！　まったくお前って奴は、何度言ったらわかるんだ。こんな単純な発注ミスしやがって！　桁が一つ違うじゃねーか。だから、事前によく確かめろって言ってるだろ！」

上司になった僕からの部下へ対する怒号だ。

僕はチームリーダーを任され張り切っていた。このチャンスを逃したくない。誰がなんと言おうと成功させてみせる。

「海野さん、すいません。以後、気をつけます」

鶴岡は入社二年目の二十四歳。六大学のラグビー部で体は鍛えてきたらしいが、注意力散漫でミスが多い。ほぼ毎日、僕が怒鳴らない日はない。鶴岡の「前へ前へ」という仕事に対する姿勢は買うが〝痛恨のノックオン〟ばかりだ。

かと思えば、入社五年目の亀田《かめだ》は仕事が遅い。

「おい、亀田！　お前はまだ例の企画書、仕上げてないのか！　指示してからもう一か月以上経つぞ。ゆっくりやってもせいぜい二週間だろ、普通！　一体、何でなんだ！」

「あの～、念のため、法務とかコンプライアンス部などの関係各部署に、確認を取るのに時間が掛かってしまいまして……」

「だから、その言い訳はやめろー！　亀田の言い訳はもう聞き飽きた。これじゃ納期に間に合わないだろ。とっととやれ！」

「は、はい」

「まったく、もう何年働いてんだよ！　いつまで経っても、愚図でのろまな亀だな！」

我がチームのメンバーは、こんな連中ばっかりだ。笛吹けど踊らず、揃いも揃って仕事ができない。花形部署のプロジェクトチームを任されると聞いたときは、どれだけの精鋭部隊になるかと期待していたが、ものの見事に裏切られた。こんな若手のダメ社員たちの面倒ばかり見させられて、これは会社から僕に対するイジメとしか思えない。

僕がメンバーの何倍も働いてフォローしているからなんとかなっているが、これでは体が持たない。いつものように僕が頭を抱え髪の毛をかきむしっていると、トルルルッと内線が鳴った。イラッとしながら受話器を取る。

「はい、販促の海野です」

「お疲れ様です。出雲フーズの天野《あまの》様からお電話です」

またもや、取引先からの部下に対する苦情電話が回されてきた。クレーム対応は相談センター時代で慣れているとはいえ、せっかく出世して嫌な仕事から解放されたとホッとしていたのに、この僕にまだこんな仕事をさせる部下が許せなかった。

部下の対応の悪さに対する苦情は延々と四十分も続いた。

電話を切ると、僕は叫んだ。

「平泉《ひらいずみ》！　平泉はどこだー！」

そこへ、外出からタイミングよく戻った平泉が席に着いた。僕は平泉を睨みつけると、乱暴に手を上げて「こっちへ来い」と合図した。

恐る恐る僕のデスクの前に立った平泉は入社一年目の新人だ。

「俺に何か報告はないのか？」

「はっ？　あの〜、特にこれといって……」

「嘘つけ！　しらばっくれるな！」

「えっ、そ、そんな」

平泉の顔が恐怖で引きつっている。

「さっき、出雲フーズの天野部長から苦情の電話があったんだよ！」

「……」

「おい、何か言ってみろよ」

「………」

「なあ、お前は言い訳もできないのかぁ、あん?」

「………」

「いつになったら、お前らはまともな仕事ができるんだよ!」

僕は怒りに任せて思い切りボールペンをへし折ると、近くのゴミ箱を蹴り上げた。すると、茶色い長方形のゴミ箱は大きな弧を描いてくるくると宙を舞い、鶴岡の腕の中に吸い込まれた。まるでラグビーボールのように。

「ナイスキャッチ!」

亀田が小さな声でつぶやいた。

鶴岡は数歩前へ進むと、僕のデスクの横へとゴミ箱を静かに置いた。

「ナイストライ!」

誰かが叫んだ。

3

「ホントまいっちゃうよ。どいつもこいつもバカばっかりで」

「へぇー、たっちゃんも大変なのね」

「そうそう、僕の気持ちをわかってくれるのはサチだけだよ～」

「でもちょっと、張り切り過ぎなんじゃない？　本当はたっちゃん、すっごく優しい人なのに……。たっちゃんの本来の良さが発揮されてないってゆうかさ」

「あいつらには、厳しく言ってやらなきゃわからないんだよ。まったく」

今夜は夫婦水入らず、近所にオープンしたばかりの小洒落たバーに足を運び、カウンターで二人仲良く肩を寄せ合っていた。仕事上の悩みが絶えない僕を慰めようと、幸恵はついに先月からアルコールを解禁してくれたのだ。

ただし、そのお許しはあくまで条件つきだった。僕が外でお酒を飲んでいいのは、この店だけに限定されていた。なぜなら、このバーは「お一人様アルコール一杯まで」というルールだからだ。

「おいおい、嘘だろ。そんなバー、聞いたことないぜ」

開店当時、僕は言った。

幸恵はククク ッと笑いをこらえるようにお腹を抱えて答えた。

「だから、いいんじゃないの。たっちゃんにピッタリのお店でしょ」

この店の場所は、たしか以前まで駐車場だったはずだ。僕と幸恵が新居を構える中目黒《なかめぐろ》のマンションとは目と鼻の先、緑あふれる公園の隣に、平屋建てのバーが出現したのはいつだったのか。

僕はまた〝普通〟じゃないことが起きる前兆のような、不思議な感覚に襲われていた。といっても、今夜はそれより、バーでお酒が飲めるウキウキ感のほうが勝っていた。


妖しげなバー「マッツマン」を訪れたのは、その夜が三度目だった。水色とブルーを基調に白を配した殺風景な店内は、まるで雲の上を思わせる不思議な空間だ。

「お待たせしました〜」

無造作にドンと音を立て、カウンターへハイボールのグラスを置いたのは、この店のマスター、いや、ママだ。濃い髭剃り痕とダミ声を響かせ、格闘家のような体格の〝女性〟である。不機嫌そうに眉間にしわを寄せるのが癖だ。本名は「霧野《きりの》玉三郎《たまさぶろう》」という。

なぜ僕が〝彼女〟の本名を知っているのかといえば、スピーカーの横に堂々と飾られている調理師免許の額縁を見れば一目瞭然だった。そのスピーカーからはビートルズの曲が流れてくる。何もかもが風変りなバーだ。

「あんた、特別よ〜。ハイボールをダブルで注文するなんて。ルール違反なんだけど、ま、今日はいいわ〜。私、機嫌がいいから。サービスしちゃうわ。ワンコインで」

ふてぶてしいその姿に「とても機嫌がいいようには見えないよ」と心でツッコみながら、僕は幸恵が注文したカクテルの分と合わせた代金の千円札を、胸ポケットから出して〝彼女〟に差し出した。

おねえマスターは、それを左手の人差し指と中指でしなやかに挟むと真っ赤なドレスの胸元にねじ込んだ。僕は、作り物であろう胸の谷間から目を逸らし、濃いめのハイボールに口をつけた。

酒の肴《さかな》は今夜も部下へのダメ出しだ。壊れたCDプレーヤーのように繰り返される僕の愚痴を、サチは「うん、うん」とひたすら聞いてくれた。部下の鶴岡や亀田、そして平泉がいかに無能であるか、失敗談の数々を今夜も披露していた。

幸恵の注文したピニャ・コラーダが運ばれてくる。ウォッカとチチをベースにしたフローズンスタイルの幸恵お気に入りのカクテルだ。

「あ〜ん」

幸恵はいつものように、ピニャ・コラーダのグラスに飾られたレッドチェリーをつまんで僕の口に放り投げた。

幸恵は、大きめのパイナップルをふくよかな唇でくわえ、僕のほうへ突き出した。僕は幸恵の唇から飛び出たパイナップルの端をくわえると、口移しのようなポーズになった。

これは幸恵がピニャ・コラーダを頼むときのルーティンみたいなものだ。

いったい何なんだ、このとろけるような幸福感は……。甘い。甘過ぎるこの生活。僕は世界一の幸せ者だ。絶対、この幸せを手放さないぞ。

「あんたさ〜。いい加減にしなさいよ！」

「はっ？」

おねえマスターの大声に、僕はパイナップルが鼻から飛び出しそうになり、幸せの絶頂から奈落の底に突き落とされた。

「うちの店に来るたびに、部下の文句ばっか、愚痴《ぐち》ばっかりじゃないの。腹立つわ〜」

「な、なんだと！」

マスターの文句の矛先《ほこさき》は、僕たちのイチャイチャぶりではなく、僕自身の愚痴についてだった。

「あんたさ、リーダーなんでしょ？　チームの責任者よねぇ？」

「それが何か？」

「何か？　じゃないわよ、まったく、リーダーが聞いて呆れるわね。責任者の器《うつわ》じゃないのよ、所詮《しょせん》あんたは！　問題を全部、部下のせいにしちゃって。あり得ないわ」

「あのね。何もわかってないくせに、偉そうなこと言うなよ」

「あらっ、ここでも人の話に耳を貸さないってわけなのね。典型的なダメリーダーね！」

「ほっといてくれ」

「あらあら〜、ちょっとちょっと、あんた！　運気がガクンと落ちてるわね。わかるのよ、私には……。悪魔が憑《と》りついてるって感じ」

悪魔という言葉に、ドキッとした。

「ま、いいわ。それ飲んだらとっとと帰ってよ。縁起悪いから」

「言われなくても、帰るよ！　ふん、二度と来るもんか、こんな店！　サチ、行こう！」

僕はハイボールを一気飲みして、勢いよく店を飛び出した。

スピーカーから流れるビートルズは「レット・イット・ビー」を歌っていた。

4

翌日の月曜日。出社すると直属の上司である伊勢《いせ》部長に呼び出された。

「あのだな、君に来てもらったのは他でもない。実は、人事異動の内示なんだ……」

「異動ですか。ああ、よかった。助かります。亀田ですか？　それとも平泉？」

僕は胸が躍った。

「あっ、鶴岡ですね。今度はもっとマシなメンバーが来てくれるといいんですけど」

「いや、そうじゃないんだ」

「えっ」

「君だよ。海野、来週から、同じチームでサブマネージャーをやってもらう」

「なっ！　何で僕が降格なんですか？　確かに計画からは遅れ気味ですけど、そ、それはあの連中が足を引っ張ってるからで、僕のおかげでなんとかここまで……」

「海野。まあ、落ち着いて聞け！」

「……」

「社長室のホットラインへ通報があったんだ。君のパワハラが目に余るってね。本来なら、降格くらいでは済まないんだが、重い懲戒処分は免れた」

「そ、そんな……」

僕はガックリと肩を落とした。

「あっ、あいつらが駆け込んだんですね。恩を仇《あだ》で返しやがって！」

伊勢部長は目を吊り上げて怒鳴った。

「目を覚ませ！　海野！　通報したのは君の部下じゃない。他部署の者だ。しかも、一人や二人じゃないぞ……何人もだ！　これでは、私も庇《かば》い切れないじゃないか」

「う、嘘だ……」

「嘘じゃない！　現実を見ろ！　いいか、当の亀田、鶴岡、平泉は、三人とも君のパワハラを否定しているんだぞ！」

「えっ？」

「海野リーダーは何も悪くないって。悪いのは僕たちで、海野リーダーは正しい指導をしてくれただけだって。そう言って、むしろ君を庇ってるんだよ」

　僕は自分が恥ずかしくなり、もう言葉にならなかった。

「奴ら、泣かせるじゃないか……。なあ、海野」

　確かに伊勢部長の言う通りだった。悔しいけど、泣けてきた。

「被害者の彼らのおかげで、お前のクビがつながるとは皮肉だな。ま、よく反省して敗者復活戦のつもりで頑張れ」

　また、敗者復活戦かよ。ああ、僕の人生、この繰り返しだな。

5

中目黒駅から帰宅する足取りは重かった。このまま落ち込んだ顔を、幸恵に見せたくなかった。

夜空を見上げると、真っ黒い雲が月を覆い隠していた。

気がつくと、バー「マッツマン」の前に来ていた。

入ろうか入るまいか僕が躊躇《ちゅうちょ》していると、勢いよくドアが開いた。すると、どこかで見覚えのある男が、嬉し涙を拭くように顔をくしゃくしゃにして飛び出してきた。店の中から「ありがとうございました～」というおねえマスターのダミ声が聞こえる。今の男は誰だろう。どこかで会ったことのある顔だが、すぐに思い出せない。

あっ、そうだ。テレビのコメンテーターでよく見かけるあの人だ。ＩＴ業界の革命児と言われている福天バンクホールディングスＣＥＯの八木福太郎《やぎふくたろう》。そんな有名人がなんでこんなところに……。

「あ～ら、いらっしゃーい！　どうぞ～」

ドアの前で首を捻《ひね》って思案していた僕は、いつの間にかマスターに見つかってしまった。

気まずい思いでしぶしぶ店内に入ると、もう一人の来客がいた。その客を見て、ひっくり返りそうになった。八木福太郎よりも驚いた。そこに座っているのは、まぎれもなく総理大臣の達磨真造《だるましんぞう》だった。おいおい、この店は何なんだ。

「あっ、あんたは気にしないでいいわ。そこ座って。真ちゃんはもうすぐ帰るから」

し、真ちゃんって。総理大臣に向かって。一体、何者なんだ……このおねえは！

「今ね、福太郎の奴と真ちゃんに、まとめて説教してたのよ。あんたらみたいにバカなリーダーに任せてたら、この国は潰れちゃうってさ」

そこまで言うか。

「はいはい、帰った、帰った！　もう明日も国会でしょ。早く帰んなさいよ」

達磨首相は、席を立つと深々と頭を下げ、静かに店を出て行った。

「あんた、よく来たじゃない。ちょっと見直したわ。うふふ」

「ビ、ビールを、一つ」

「あら、もう作っちゃったわよ。ハイボール」

「あ、じゃ、それでいいです」

「そお～、悪いわね。でも、サービスでトリプルにしておいてあげたわ。しかも、大ジョッキよ。ドドーンってね」

「あ、ありがとうございます」

「あんたさぁ、今夜は酔いたい気分なんでしょ？　その顔を見ればわかるわ。でも、一杯だけよ」

僕が呆気に取られていると〝彼女〟は優しい声で言った。

「だから、言ったじゃな～い。私が、あれほど。ホント、バカね。でもさ、降格くらいで済んでよかったと思わなきゃ」

「えっ！　何でそれを！」

僕は驚いて、ハイボールを噴き出した。

「だって、夕方のニュースでやってたわよ。ゴシップニュース・サテライトって番組だったかしら」

そんなバカな。

「なんてね。ま、そんなことだろうと思ったわ。図星だったようね」

冗談とも本気ともつかない会話が続いた。

超濃いめのハイボールをハイピッチで飲んだせいなのか、しばらくすると頭の中がぐるぐるっと回ってきた。スピーカーからは、ビートルズの「ゲット・バック」が大音響で鳴り響いていた。

不意に、玉三郎マスターの眼光がキラリと光ると、ピタリと曲が止み、店内は一瞬にして静まり返った。

「あんたが信じて実行するかどうか、それはあんた次第だけどさ、今日来たあんたの殊勝な姿勢に免じて、いいわ、教えてあげるわよ。面倒だから結論から言うわね」

有無《うむ》を言わせぬその迫力に、早くも借りてきた猫のように〝聴く態勢〟でいる自分が不思議だった。まるでそれは、催眠術にかかっているようでもあった。

「あんたさ、部下が失敗したとき『何でなんだ？』って追い詰めてない？」

「はあ、まあ、そうかも」

「特にさ、部下に任せた仕事が失敗したときなんて『俺がやっていたらもっとうまくいったはずだ』なんて悔しくなって『なぜ、できなかったんだ』って責め立ててるわよね？」

「まあ。そんな感じです」

というより、ビンゴだ。完全に当たっている。

「確かに、その行為は見方を変えればさ、ミスの原因や未達成の責任を追究して、改善を図ろうとする真剣な指導に見えないこともないわ」

マスターは早口にまくし立てた。

「でも～、でも『なぜ？』って問い質《ただ》されている部下にとってはさ、そんなのイライラしているリーダーから〝責められている〟としか感じてないのよ～。『なぜだ？　なぜだ？』って追及されても萎縮していくだけよ～」

言われてみれば、その通りかもしれない。でも、僕だって……。

「なによ～。その顔。まだ『でも～、僕だって』って顔してるわねぇ」

こ、このおねえは僕の心が読めるのか？

「部下だって、自分のやり方が間違っていたことくらいわかっているのよ。それと、なぜと聞かれて理由を答えれば『それは言い訳だろ！』って、あんたの怒りを倍増させちゃうこともわかってるわ。だからって、あんたの尋問に答えないでいると『言い訳もできないのか！』って怒鳴られることもね。ホント、かわいそうで涙が出てくるわ～」

そう言いながら、本当に目に涙をいっぱい溜めている。今にも零《こぼ》れ落ちそうだ。

「部下にとっては最悪よね。グスンッ。どうにも逃げ場がないの。だから、彼らはやる気を失くしていくだけなのよ」

そう言われてみれば、チームの士気はどんどん落ちるばかりだった。だから、僕は焦ってますます彼らを責め立てて……。

「アタシには目に見えるようだわ〜、あんたのチームが！　きっと取り調べをするバイオレンス刑事のようなリーダーね。あんたは部下を犯人にしたいのよ。もっと言えば、裁判官になって判決を下したいのよ。重要参考人である部下にすべての責任を擦《なす》りつけて、『俺は共犯じゃない』っていう証拠集めをしたいのよね。いい？　言っとくけど、あんたも共犯なのよ！」

僕は唖然《あぜん》となった。そんなこと、考えてみたこともなかった。

「そもそも、リーダーは刑事じゃないし、裁判官でもないのよ。犯行の動機について探ったところで、すでに終わったことなの。もう過去には引き返せないのね。たとえ部下にカツ丼を食べさせたところで、真相は藪《やぶ》の中。たいていは迷宮入りなのよ」

なんなんだ、この説得力は。

「まだやり直して挽回できるのであれば、原因を追及してもいいけど、無駄な拷問は、部下にとってもチームにとってもマイナスでしかないわ。もちろん、あんたにとってもね」

スピーカーからは、ビートルズの「ヘイ・ジュード」が静かに流れてくる。これはマスターの演出なのか。

「じゃあさ、あんたに『事件の真相』を教えてあげるわ」

「えっ、真相？　ですか？」

「そうよ。あのね、失敗した部下の陰で黒幕が糸を引いてるの、知ってた？」

「ええっ、社内に裏切り者がいるってことですか？」

「バカね、あんたは。たとえ話よ」

「すいません」

「黒幕がどこのどいつか知りたい？」

「は、はい、ぜひとも！」

「それはね、『失敗の神様』よ。『ミステイクの神様』とも言うわ。実はね、失敗する部下には、失敗の神様という共犯者がいるのよ。すべての失敗には、大なり小なり運不運がつきまとうわよね。その失敗には天の意図が働いてると思って。いわゆる『教訓』よね。だから、部下だけでなく、上司であるあなたにとっても、大きな意味があるの。わかる？」

「はい、なんとなく」

「神様が天から発しているメッセージを、あんたが受け取らないまま、部下だけを責め立てているということはね、いい？　部下の隣で立たされている神様を責め立てているのと同じことになるのよ。ホント、むかつくわ」

　ガシャーン！　マスターは、鬼の形相でマドラーをシンクへ投げつけた。

「あら、ごめんなさい、つい取り乱したわ」

乱れた前髪をきれいに整えると、マスターは続けた。

「悪い結果を、そのまま悪いことと解釈しているだけでは、『ミステイクの神様』は闇の世界を暗躍する黒幕でしかないけど、悪いことに隠された教訓と捉えてみれば、守り神にも見えてくるはずよ」

今度は優しいおねえの顔になり、何かを回想するように天井を見上げた。

「死んだおじいちゃんがよく言ってたわ～」

僕はおじいちゃんのおねえ姿を想像して、おかしくなった。

「何をニヤニヤ笑ってるのよ～、真面目に聞いてんの、あんた！」

「は、はい、もちろん。教訓……ですよね」

「そうよ。おじいちゃんがね、『運のいいリーダーは悪い結果を受け入れる覚悟があるが、運の悪いリーダーはいい結果しか受け入れることができない』って。ホントいいこと言うわよねぇ」

またしても目をウルウルさせている。と思ったら急に鬼の形相に変わった。

「リーダーの無責任は悪魔の大好物よ。気をつけて、私たちも悪魔は手に負えないわ！」

「はあ？　悪魔ですか」

「いいのよ。こっちの話」

いよいよ妖しい展開になってきた。やっぱり帰ろうか。

「そう、常に部下だけを犯人にする拷問と裁判を繰り返しているチームっていうのは、悪魔の巣窟《そうくつ》になってしまうの。それはもう次から次へと、『えっ、まさか』『えっ、またか』『えっ、マジか』っていう不運を引き寄せるわ。だから、そういう無責任リーダーの口癖は、『なんでいつも俺ばっかり』よ。呆《あき》れちゃうわね」

僕はハッとした。それはまさに……。

「あの、それ、まさしく僕のことですね」

「そう、その通りよ。段々わかってきたじゃないの」

「じゃあ、どうすれば……」

「まだわからないの？　すべての問題の原因は、あんた自身なのよ！　あんたは加害者なのよ！」

「そ、それは、わかりました。悔しいけど……。認めますから、どうしたらいいのか、教えてください」

僕はカウンターに頭をこすりつけるようにして手をついた。

「まったくダメリーダーね。本気で知りたいの？」

「はい、ぜひとも。よろしくお願いします」

「じゃ、教えるわ。一度しか言わないわよ。それはね、『災い転じて福となす』よ」

「えっ、災い転じて福となす？」

「そうよ」

マスターの熱弁はさらにヒートアップしていった。

「『ミステイクの神様』からのメッセージに対して、いかに答えを出していくのか。その気づきをどうやって活かしていくのか、それがリーダーの使命なの。教訓を活かして具体的な計画と戦略を立て直し、目標達成に向かってチャレンジしていく。そうやって部下と一つになり、事件を解決していくからこそ、同じような失敗が繰り返されなくなるのよ」

今まで、僕は何をやっていたんだろう。ただただ、うなだれるしかなかった。

「要するに、部下に事件の真相を、自ら気づかせることがリーダーの仕事ね。これからは部下の失敗はチャンスだと思って！　気づきや教訓を次に活かすチャンスよ！　ほら、うなだれてる場合じゃないわ」

僕は師匠に教えを乞うかのごとく背筋を伸ばした。

「あの、具体的にはどんなことをやったらいいですか？」

マスターは、赤いドレスの襟《えり》を正して軽く頷《うなず》いた。

「あんたの言葉を変えることね。未来にベクトルを向けた前向きな質問にね。そうして、具体的な改善策を引き出すのよ。たとえば、こうよ」

おねえマスターは〝男の顔〟になって言った。

「『今回の失敗で新たに気づいたことはなんだい？』『その失敗を二度と起こさないためには、どんな取り組みが必要かな？』『次回は、どんな戦略で、目標達成を目指せばいいだろう？』『このミステイクから得たヒントを具体的にどうやって次に活かそうか？』……」

この調子で、部下に対する問いかけの具体例は、壊れたロボットのように延々と何十通りも続いていった。このままマスターを止めないと、朝まで語り続けるのではないかと思うほどに。

「はいはい、わかりました、十分にわかりました！　できればもうちょっと簡単に。ポイントをまとめてもらえますかねぇ？」

「あら、そう？」

マスターは寂しそうに小芝居を中断すると、まとめに入る姿勢で一呼吸置いた。

「あんたはホントに頭が悪いわね〜」

「すいません。ちょ、ちょっと待ってください」

僕はカバンからメモ帳を取りだした。

「ポイントは三つね。すぐにできること。誰にでもできること。ワクワクできること。たったそれだけよ」

「なるほど……」

ペンを走らせながら頷くと、マスターは口角を妖しく上げた。

「要は、部下と一緒に考えてあげればいいのよ。『誰が悪いのか』ではなく『どうすればうまくいくのか』『どんな行動を取れば、成功するのか』という更生へのストーリーをね。そう、道筋を一緒に描くことよ」

そんなこと、僕は今まで考えたこともなかった。これじゃ降格になるのも当たり前だ。

「希望の持てる建設的なコミュニケーションでしか、部下はついてこないと思うことね。それはすべての人間関係にも言えること。そう、夫婦だって同じよ」

感動した僕は、気がつくとマスターの両手を力強くギュッと握りしめていた。するといつの間にかマスターの瞳は、厳しい玉三郎の瞳から「乙女の瞳」に変わり、握り返された僕の両手は抜けなくなっていた。

店内には、「ヘイ・ジュード」のメロディが大きく鳴り響いた。

幸恵の待つマンションに帰ったときは、もう十二時を過ぎていた。玄関のドアを開けると、目の前に幸恵が立っていた。

僕はギョッとした。

「サチか！　ああ、びっくりした！」

「えっ、どうして？」

「だって、こんな暗がりに。幽霊かと思った」

「もう、失礼ね！　そろそろ、たっちゃんが帰ってくる頃かなって」

「そうか。ありがと。ただいま」

「お帰りなさーい。あのね、今夜はたっちゃんとバルコニーで飲もうと思って。炭酸とアイスを用意しておいたのよ。ほらほらっ、とっておきのバーボンも」

幸恵がやけにはしゃいでいる。

「おお〜、いいね」

「ヴァージンの十五年よ。ストレートでもいいわね。五十度もあるけど」

幸恵はもともとかなりの酒豪だ。彼女が酔った姿は一度も見たことがない。

「いいのか。それは、お正月に飲もうって……」

「いいのよ〜。明日は代休で仕事お休みでしょ。たまにはジョギングもお休みしないと。それに今夜は再出発の記念日なんだし！」

「再出発って、何の？」

「再出発は、再出発に決まってるじゃないの～。たっちゃんのよ」

「えっ、サチ、何か知ってるのか?」

「何かって?」

「いや、別に。なんでもない」

しばらく幸恵に今日のことは黙っておこうと思った。

なんだか幸恵にはすべてを見透かされているような気もするが……。

「じゃ、乾杯ね」

「うん、乾杯!」


そのとき、月を覆っていた黒い雲が二つに割れて消えた。

ストーリー❸ アクションの神様

1

僕はたった半年でチームリーダーに返り咲いた。

半年前の人事発令からリーダーの後任は不在のまま、伊勢部長が兼務するという異例の組織体制であったことも幸いした。僕はそれまでと同じように、サブリーダーとして、亀田、鶴岡、平泉の三人をマネジメントするチャンスが与えられたのだ。

あれから僕は、玉三郎マスターに伝授されたメッセージを胸に刻み、一切の恫喝《どうかつ》・叱責を封印して、部下たちの心の声に耳を傾けた。もちろん「ミステイクの神様」からの〝教訓〟にも。

「亀田がすぐにできること。鶴岡でも簡単にできること。平泉がワクワクできること」を共に模索し、徹底的に実行し続けた。

するとどうだろう。信じられないような奇跡が次々と起きた。まるで魔法に掛かったかのように、彼らは能力を発揮し始め、みるみる成長していったのだ。

亀田は仕事のスピードがアップし、亀がうさぎを追い抜くように着実に一歩一歩、成果を出していった。それは明らかに、今まで彼が蓄積してきた努力が結実したものだった。

鶴岡のミスも目に見えて減った。後ろにパスが回せるようになったのだ。チームの連携は彼が中心となり、業務の効率も改善された。今や彼は頼りになるチームの司令塔だ。

平泉は大いに自信をつけた。消極的な振る舞いは消え、何事も先回りして主体的にタスクへ取り組めるようになった。取引先からは、もはや賞賛の言葉しか聞こえてこない。

僕のスタンスが変わっただけで、これほど亀田たちが変わっていくとは、まさに「組織とはリーダーを映し出す鏡」なのだと改めて実感した。彼らの能力を抑え込んでいたのは、他ならぬ僕自身だったのだ。

それにしても、これほどまで彼らが力を発揮してくれるとは、夢にも思わなかった。今でも信じられない。不思議なほどに出来過ぎている。以前までのダメ社員ぶりは「演技」ではなかったのかと疑いたくなるほどだ。まさか、そんなことはあり得まいが……。

彼らのおかげでチームの業績はうなぎ登り。あれよあれよという間に年度計画の目標を達成してしまうとは、誰もが予想しなかったことだ。見事なチームワークの勝利であると評判が評判を呼び、僕の名声は社内を駆け巡った。そして、社長杯特別表彰を受賞するに至ったのだ。そう、またしても僕は敗者復活戦を勝ち上がったのである。

表彰式の壇上では感極まった。そのとき、遠くから玉三郎マスターのダミ声が聴こえてくるような気がした。僕は改めて、あの夜のバー「マッツマン」での出来事と〝彼女〟の潤《うる》んだ瞳を思い出していた。

西の空が鮮やかなオレンジ色に染まっていた。幻想的な夕焼け雲の切れ間から広がる光のカーテンを開けると、バー「マッツマン」の姿が映画の一場面のように浮かび上がる。敗者復活戦を勝ち上がった報告をマスターへ届けるため、きらきら反射して光るクリスタルの表彰盾を抱えた僕は、夕日に向かって小走りに歩を進めていた。

バー「マッツマン」は、あれ以来半年ぶりだった。

はやる気持ちを抑えつつ、入口のドアを開けようとノブに手を掛けると、マジックペンで書きなぐった「お知らせ」の貼り紙が目に飛び込んできた。

〔臨時休業。しばらくの間、ニューカレドニアへ帰省します〕

えっ、ニューカレドニアに帰省？

海外に実家があるのか。意味がわからない。確かニューカレドニアって、「天国に一番近い島」じゃなかったか。本当に不思議なおねえだ。

実は、もっと早く玉三郎マスターへ報告したかったのだが、「課題」をクリアしないまま中途半端な状態で会うことはできなかった。「負け犬のままアタシの前に現れるんじゃないわよ！　いいわね！」ときつく言われていた。もう男の意地だった。だから今日、「ついにそのときがやってきた」と思い、一目散に駆けつけたのだが……。

〝彼女〟は忽然と消えてしまった。

もう二度と会えないかもしれない。なぜかそんな気がしていた。

オレンジ色の空を見上げ、僕は下唇を嚙みしめた。


「マッツマン」を訪ねた理由は、もう一つあった。チームの業績が絶好調である〝幸運〟とは対照的に、プライベートでは「ツイてないこと」続きだったからだ。

ジェットコースターのような人生とは、このことだろう。問題が解決して「よしよし」と思っていると、そんな幸運も束の間、また新たな不運が降り掛かってくる。まるで、「守り神」と「悪魔」が喧嘩しているかのように……。良いことと悪いことが交互にやってくるのだ。

この窮地から脱出するため、マスターから「金言」を授かりたい、以前のように厳しい教えを乞いたい、そんな気持ちだった。

とにかく、最近の僕はツイてなかった。

各部門の威信を懸けた社内の大イベント「ディビジョン対抗ソフトボール大会」では、右足肉離れでリタイアする事態となった。

それも一回表の一打席目のアクシデントだった。ピッチャーゴロを打って走り出そうとした瞬間、誰かにふくらはぎをバットで殴られたような衝撃が走り、僕は一歩も動けず、ホームベースをまくらにして倒れたのだ。そしてユニフォーム姿のまま、車で病院へ担ぎ込まれたのである。

たとえばそれが、決勝戦で決死のヘッドスライディングをしてチームを優勝へ導く「名誉の負傷」ならば、まだ恰好もつく。だが、よりによってまだ何も始まっていない一回戦のプレイボールと同時に離脱するなんて。「情けない」の一言だ。

それから僕は、一か月以上の松葉づえ生活を余儀なくされた。通勤はタクシーを使い、出費もかさんだ。ほとほとツイてない。

さらに肉離れが完治した頃、実家の母から電話があった。

「あの後は大丈夫だったのかい？　どうなったのか、もう心配で心配で」

「あの後って何が？　大袈裟だなぁ。肉離れならもう治ったよ。大丈夫」

「何をとぼけたこと言ってんの！　達彦、バカだね、お前は！　ホントに驚いたわよ〜。お前がまた酔っ払って、会社の大事なお金を失くしたって。まったく、どうしようもない親不孝な息子を持ったもんだわ」

「ちょ、ちょっと、母さん、何のこと言ってんだよ」

「何ってお前。昨日、五百万、ちゃんと振り込んだじゃないか」

「えっ、何それ？」

「まったく、お前って子は！　反省してんのかい。つまらない冗談言ってんじゃないよ。お前が泣きじゃくって電話してきて。集金した会社のカバンを落としたって言うから」

「そ、それって、まさか！」

「電話の途中から、会社の上司の人に代わってさ。今すぐ五百万円を用意できれば、すべて穏便に済ますって。お前はクビにならないから安心してくれって。責任持ってなんとかしますって、親切そうな上司の人だねぇ」

「って母さん、それは、上司でもなければ、僕でもないよ。僕は会社のお金なんて失くしてない！」

「ええっ！」

「それは、振り込め詐欺だよ！」

「……！」

母はショックで声にならなかった。

まさか、まさかだった。今まではニュースを見るたびに「騙《だま》されるほうもバカだ、アホだ」と言っていた当の本人である母が、ものの見事に引っかかるなんて。詐欺の被害に遭うときの「自分だけは大丈夫」だと信じ込んでしまう典型的なパターンだ。

人生には「三つの坂」があるとは、昔からよく言ったものだ。上り坂と下り坂、そして〝まさか〟である。

犯人は許せないが、今さら恨んだところでお金が戻ってくるとも思えない。そもそも「息子がカバンを失くす」という詐欺の設定が、あまりにもリアル過ぎたのだ。少なくとも以前の僕だったらやりかねないし、母さんを責めるわけにはいかない。

不運はそれだけではない。

マンションの一階から真夜中に火が出て、消防車が十台以上も出動する騒ぎがあった。

バルコニーは真っ黒な煙に包まれ、僕は幸恵と抱き合って死をも覚悟した。こんな恐怖は人生で初めて味わった。あまりに動揺して、右手に目覚まし時計、左手に電気スタンドを持って逃げ出そうとしていた僕の肝っ玉の小ささには、きっと幸恵も呆れ返っていたに違いない。火事は幸いにもボヤ程度で済んだのだが、翌日まで電気やガスなどのライフラインが止まり、不自由な生活を強いられた。

満員電車の移動中にも、乗客同士のいざこざに巻き込まれた。

「痛っ！　お前、足踏んだろ！　こらっ！」

「うるせー、混んでんだから、仕方ねえだろ！」

「何だと！　謝れ！」

「大体お前こそ、満員電車で新聞なんか読んでるんじゃねえよ！」

睨み合う二人にピッタリ寄り添うように立っていた僕は、一触即発の状況に居たたまれない思いでじっとしていた。

「表に出ろ、この野郎！」

「おお、上等じゃねえか！」

そうそう、そうだ。早く表に出てやってくれ。こっちは迷惑この上ない。

とそのとき、ブレーキが掛かって電車が揺れた。

「おい！　お前、わざと足を踏み返したな！」

「バカヤロウ！　揺れたんだよ！　うるせえな！」

血気盛んな二人は胸倉をつかみ合い、頭突きの応酬、殴り合いとなり、僕の顔面にも勢い余った肘《ひじ》打ちが飛んできた。あまりの衝撃で目から火花が飛び散った。

次の駅で二人が下車した後、近くにいたご婦人に声を掛けられた。

「あの〜、おにいさん、鼻血、出てるけど……」

僕のワイシャツは真っ赤に染まっていた。


こんな不運な日常が続いていた。道を歩けば犬の糞を踏むし、公園を横切れば鳩の糞が頭に落ちてくる。大雨の日にはダンプカーに泥水を掛けられ、新調したばかりのスーツを台無しにされた。

祟《たた》られているとしか思えない。どう考えてもおかしい。お祓《はら》いにでも行こうかと真剣に考えていた。


そんな切羽詰まっていたある休日、大学の後輩・恩田信次からゴルフの誘いがあった。

恩田とは、始発電車で再会して以来、連絡を取り合うようになっていた。

聞けばゴルフコンペに欠員が出たらしい。参加費用は恩田の会社持ちでいいから来ないかと誘われたが、ここのところの不運続きを考えると、どうも乗り気になれなかった。

「たっちゃん、いいじゃない！　行ってらっしゃいよ」

いつになく熱心に、参加を勧めてくる。

「久しぶりのゴルフでしょ。いい気晴らしになるわよ、きっと」

「そうかな」

幸恵に勧められると、その気になってくる。

「そうよ。大学のゴルフサークルで鍛えた腕前で優勝賞品ゲットしてきて。しかもご招待だなんて、ツイてるじゃない」

うん、そうだ。僕にもそろそろ運が向いてきたのかもしれない。

2

雲一つない青空が広がる神奈川の名門コースは、やはり景観が美しかった。

そして、何よりもその美しさに驚いたのは、我々のパーティー（組）についたキャディさんだった。歳は二十代後半であろう瑞々《みずみず》しい若さに加え、長いまつ毛がクリクリッとした二重瞼《まぶた》の瞳、すっとした鼻筋と品のある唇から顎のラインに至るまでまったく隙がない。化粧っ気のない滑らかで清潔感のある肌は、まさに透き通るようだ。

小顔ですらっとした八頭身、この世の者とは思えないほど、パーフェクトな女性の魅力に溢れていた。日除《ひよ》け用の大きなつばの帽子に、首にはタオルを巻いている垢抜《あかぬ》けないキャディスタイルであるにもかかわらず、有り余る美貌が隠せないとは、着飾ったらどれだけの美人になるのか、僕はその姿を想像しただけで胸が躍った。

それは他のメンバーも同じ思いなのだろう。それまでよりも明らかに素振りに力が入っているのがわかる。ブンブンというスイングの音を競う男たちの滑稽さに、僕は思わずふき出し、笑いを堪《こら》えることができなかった。

「さて、皆さん。ここはすべてのホールが檜《ひのき》と杉の林でセパレートされていますから、飛距離よりもショットの正確性がスコアメイクの鍵を握ります」

彼女の明るい声も、また優しさに満ち溢れていた。僕は短めのクラブを選択して確実にフェアウエーをキープして行こうと決めた。さらに彼女の解説は続く。

「グリーンはアンジュレーションがきつく、速いセッティングのため、かなり厄介です。

ピン位置も難しく、グリーンの傾斜や芝目の読みだけでなく、山の傾斜も加味してラインを読まないと攻略できません」

見た目の美しさだけではなく、キャディ本来の仕事も一流のようだ。ラインの読み方は彼女に任せようと決めた。

「グリーンの周りには、たくさんの池やバンカーがぽっかりと口を開けて待っています。くれぐれもお気をつけあそばせ。うふふっ」

彼女は顔の両側に手の平を広げ、口をバンカーのように大きく開けて、コケティッシュにおどけて笑った。彼女の屈託のない笑顔は、周囲のムードを一気に明るくさせてくれた。今日は楽しい一日になりそうだ。

彼女のネームプレートには「竹下《たけした》めぐみ」とあった。

「ツイてる！」と、久しぶりにそう思えた。

「ファ〜！」

やはり僕はツイてなかった。何度、美人キャディに「ファー」を叫ばせたのか。僕の思惑とは裏腹に、ドライバーショットは林の中へと「ＯＢ」を連発した。力が入ると、右へ右へとスライスする昔の悪い癖が出て止まらなくなった。バンカーに何度もつかまっては深い「目玉」から抜け出せず、叩いても叩いても高い「アゴ」に跳ね返され、頭から砂まみれになった。グリーン上も行ったり来たりで、カップにも蹴られ嫌われ3パット4パットの嵐。結局、まるで初心者並みの悲惨なスコアで終わってしまったのだ。

キャディさんには迷惑を掛けた。林やラフに入ったロストボールを、右に左に探し回る一日となった。僕はヘトヘトに疲れ切ったが、きっとキャディさんも同じだろう。しかし彼女は嫌な顔一つせず、明るく朗らかに接してくれた。彼女のフレンドリーな励ましと献身的なサポートにどれだけ救われたかわからない。

「海野さん、お疲れさまでした。でも、今日はちょっとツイてなかったですね」

「キャディさん、すいません。ご迷惑をお掛けしました」

「次はきっといいスコアが出ますよ。また来てくださいね」

コンペの成績はブービーメーカーだった。恩田にとって僕は、大学時代のゴルフサークルの先輩だ。優勝候補の触れ込みだった僕が、このざまとは……。

「恩田、ごめん。俺はもう死にたいよ」

「海野先輩、ドンマイっす！」

誘ってくれた恩田にも、すっかり恥をかかせてしまった。穴があったら入りたかった。

もう彼に合わせる顔がない。

もはや、竹下めぐみにも「合わせる顔がない」——はずだった。

3

ゴルフコンペから一週間後、ノー残業デーのことだ。

僕は部下たちを労《ねぎら》おうと親睦会を提案した。もちろん、僕自身の鬱積《うっせき》した気分を晴らしたかったこともある。

「今夜、みんなで食事に行かないか」

平泉は一オクターブ高い声で喜ぶ。

「いいですねぇ。久しぶりに行きましょう」

亀田は心配そうに言う。

「いいんですか。最近、トラブル続きで、奥さんも心配されているんじゃないですか。早く帰ってあげたほうが……」

「いや、いいんだ、いいんだ。たまにはチームの懇親も必要だろ」

僕は無理矢理に笑顔をつくった。

「でも、海野さんはアルコールを控えてるようですし、食事に行ってもつまらないんじゃないですか？」

司令塔の鶴岡が気づかってくれる。

確かに「マッツマン」が休業してからは、外で飲まなくなっていた。

「そんなことないさ。ノンアルでも十分楽しめる。みんなはじゃんじゃん飲んでくれ。俺は居酒屋でスイーツでも食べるかな」

すると三人が顔を見合わせて頷き、声を合わせた。

「海野さん、運気をあげるのにいいところがありますよ！」

「えっ？　いいところって？」

「美味しいドーナツと高級アイスクリームがタダで食べ放題なんですよ。まだ六時前だし間に合います。今日はそこへ行きましょう！」


どんなに楽しいところかという僕の淡い期待は大きく裏切られた。

亀田、鶴岡、平泉に連れられてやってきたのは、会社近くの「献血センター」だった。

「えっ！　ここ？」

「そうですよ。まあ、いいから、いいから」

鶴岡に手を引かれ、平泉には背中を押され、亀田にはカバンを取られてエレベーターへ押し込まれた。献血センターはビルの八階にあるらしい。

献血は生まれて初めてだ。緊張感は増すばかりである。何よりも注射が大嫌いな僕は、それを言い出せずにいた。

「結構太い針を刺しますけど、そんなに痛くないですよ。十五分ほどで終わりますから」

「えっ、おいおい、鶴岡、十五分も刺すのか。お前ら、常連なんだな」

「あっ、それと初めに検査やるんで、そっちでも血を抜きます」

「ええっ、二度も刺すの？」

早くもめまいがしてきた。

まずは受付で手続きを済ませる。

「四〇〇ccにしますか？　二〇〇ccにしますか？」と聞かれ、「二〇〇でいいです」と言う僕を、窓口の女性担当者は執拗かつ巧みに説得した。

「困っている人がたくさんいるんです。ご協力をよろしくお願いします」

おいおい、お願いセールスかよ……と思ったが、情に訴えられると断れない。結局は四〇〇ccで押し切られた。

「水分をたくさん取ってくださいね」

自販機のドリンク類も、すべて無料で飲み放題だ。ゆったりとした休憩コーナーのソファには、既に献血を終えて寛《くつろ》いでいる多くの若者たちがいた。他人のために血液を提供しようという若者がこんなにいるのか。まだまだ日本も捨てたもんじゃないな。

僕だって、別にドーナツとアイスクリームに釣られて献血を決意したわけではない。たまには、世の中の役に立つのも悪くないのではと殊勝な気持ちになったのだ。

なぜ、そんな気分になったのだろう。確かに部下たちへの手前もあった。しかし、ここのところ仕事中心の生活が続き、「業績」や「利益」を追い求めてばかりいる利己的な自分に、少し嫌気が差していたのかもしれない。


「海野さん、お疲れ様でした。それじゃ、僕たちはこれで！　どうぞ、ごゆっくり」

「おっ、おお、お疲れさま！」

献血センターを後にする三人を笑顔で見送ると、僕は三つ目のドーナツを口いっぱいに頰張りながら、アイスクリームのコーナーへ向かった。

窓の外のスクランブル交差点に目をやると、足早に行きかう人々が現実の世界をせわしなく右往左往している。今、僕がいるこの場所は、まるで異次元の別世界であるかのような感覚の中にいた。血を抜かれたせいだろうか。〝雲の上〟にいるみたいに、ふわふわした気分だった。

　さて、アイスクリームはチョコにするかバニラにするか、迷った挙句にチョコへ手を伸ばすと、細くて白い手に触れた。それは死体のようにひんやりと冷たかった。

「あっ、すいませ……」

「いいえ……、あっ」

　指が触れ合ったのは、ロングヘアーの美しい女性だった。が、驚いて固まったのは、それだけが理由ではなかった。なんと、そこにいたのはまぎれもない竹下めぐみだったのだ。

「ぼ、僕のこと、覚えてますか?」

「はい、きっとどこかでお会いしてますよね。ええと……ああっ、あのゴルフ場の!」

「そう、そうです。OB連発の!　運の悪い、海野です」

「うふふっ」

　彼女は天使のような笑顔で何度も嬉しそうに頷いた。そして、妖美な瞳を輝かせチョコのアイスクリームを僕に手渡してくれた。その姿は、ゴルフコースでロストボールを見つけては、僕に手渡してくれたポーズとそっくりだった。

「はい、どーぞ」

　手の中でアイスクリームが今にも溶けてしまいそうなほど、僕の体温は上がっていた。

「こんなところで偶然ね。よかったら一緒に召しあがる？」

彼女からの思わぬ一言で、僕は舞い上がった。奇跡的な再会に、鼓動が激しく音を立てているのがわかった。

「竹下さんは、どうしてここに？」

「実は、キャディの仕事はアルバイトだったの。普段は都内にいるのよ」

キャディのときとは一転して砕けた口調だが、逆に僕にはそれが嬉しかった。

「そうだったんですか」

「時々、キャディの人手が足りないときだけ頼まれて。よく父に連れていってもらったから、あのコースの特徴は熟知してるし、父とあのゴルフ場の社長が親友なの」

「ああ、なるほどぉ」

いつもより僕の声が裏返っているのがわかった。彼女への好感度を上げようと背伸びしているせいだろう。

それにしても、美しい。美し過ぎる。ウェーブの掛かった長い髪が揺れるたびに、いい香りがする。

蛍光灯の光が窓に反射して、彼女の頭の上にリングが載っているようにも見えた。

「天使が舞い降りたのか」と錯覚するほど、この世の者とは思えない美貌とオーラを発していた。

「献血って不思議よね。血を抜かれた後って、まさに今、体内で新しい血が作られている感じがするわ～。古い血から新しい血へと変わっていく感じ。そう、献血ってまるで、血液の断捨離ね！」

それは、なんとなく僕も感じていたことだった。

「そう言われてみればそうかも」

「海野さんもそうなの？　私はまるで、自分が生まれ変わっていくような感じがするのよねぇ」

彼女のハイテンションな饒舌《じょうぜつ》は止まらなかった。

「献血が体にいいっていう説に、医学的な根拠はないらしいんだけど。私は絶対、体にも心にもいいって信じてるの。まあ、どちらにしても、世の中の人の役に立てるって、気持ちのいいもんよね。運気が上がっていく感じもするし！」

僕は〝運気〟という言葉にドキッとした。

「海野さん、献血にはよく来るの？」

「いいえ、実は初めてのことで。何もかも面食らってます」

「あらっ、そうなの。私はここには、毎日のように来てるのよ」

「でも。献血って、年に何回までとか決まってるんじゃ……」

「もちろん。だから、献血は二、三か月に一度くらいね」

「ですよね」

「実は私、このビルの三階で働いてるのよ」

「そうなんですか。っていうと、何を？」

「ふふっ、じゃ、ちょっと職場を見学していく？」

今日の彼女はやけに馴れ馴れしい。


二人でエレベーターへ乗り込み、八階から三階へ降りようと、僕は「閉」ボタンを押したが、彼女は咄嗟《とっさ》に「開」ボタンを押した。閉まりかかっていたドアが寸前のところで開くと、目の前には杖を突いたお年寄りが背中を丸めて立ち竦《すく》んでいた。

「どうぞ」

竹下めぐみは「開」ボタンを押したまま、優しい声でお年寄りを招き入れた。僕は人影と足音に気づいていたが、その人が乗ってくる前に自分たちだけで先に降りようと、いち早く「閉」ボタンを押したのだ。

　僕はいつもそうだ。たった数秒のこととはいえ、エレベーターに他人が乗ってくるまで待ったりしない。とっとと先に行きたい。だから、わざと置いてきぼりにすることが多い。直前で他の人をシャットアウトできたときは、むしろ快感ですらある。

　彼女に軽蔑されただろうか。僕は自分のエゴに、軽いコンプレックスを抱いた。


　彼女の職場はすでに施錠され、真っ暗闇だった。

　なぜか僕はワクワク、ドキドキした。オフィスに照明が灯されると、社名のプレートが見えた。そのときになって、僕は初めてそこが「骨髄バンク」であることを知った。

「どうぞ、こちらへ」

　僕は彼女の後をついて歩き、応接室へと通された。

「もう他の社員の皆さんは退社されているみたいですが、大丈夫なんですか？」

「平気、平気。そのへんに座ってね」

「はあ、ありがとうございます」

「じゃ、映像を流すから、見てみて。十五分くらいよ」

「ええっ」

「ま、いいから、いいから」

モニターから映し出された映像は、簡単な骨髄バンクの仕組みと、骨髄移植されて命が助かったという患者さんからの「感謝のメッセージ」だった。

「白血病とかの血液疾患はね、年間六千人くらい発病して、そのうちの二千人が骨髄移植を望んでいるのよ。そう、ＨＬＡが適合するドナーを待っているわけね。でも、その半分の患者さんは移植を受けられないのが現状なの」

「ＨＬＡって何ですか」

「ヒト白血球抗原って言って、これが一致しないと移植できないの」

「はあ、なるほど」

「たとえ患者さんの両親であっても、ＨＬＡが完全に一致するケースは少ないの。確率の高い兄弟でも、やっと四分の一なのよ。だから、一般の人がドナー登録したからって、すぐに移植が始まるわけじゃないのね。そのまま一生、適合する患者さんが見つからないことも多いわ。登録した人のうち適合するのは、二人か三人に一人ってとこかな」

彼女はリモコンでモニターのスイッチを切った。

「あっ、でも勘違いしないで。海野さんにドナー登録してくださいって頼んでいるわけじゃないの。ただ、知ってほしかっただけ。私はここで、コーディネーターという仕事をしているの。要するに、患者さんとドナーのマッチングね」

「素晴らしい仕事ですね」

僕は心からそう思った。

「といっても、ボランティアみたいなもの。やっと一人コーディネートして、報酬はたったの八千円だもの」

正直だな、と思った。キレイごとばかりじゃない彼女に好感を持った。

「家族の反対があって、手術寸前で逃げ出しちゃうドナーもいるの。だから、移植までのコーディネートが重要なわけ。どこの誰かもわからない見ず知らずの他人のために、会社を休んで三日間も入院するのよ。太い針を腰に刺されて、痛い思いするなんてね」

「へぇ、そうなんですか」

「そうよ。普通は逃げ出すわよね。移植する相手が身内だとしてもきついことよ。それに全身麻酔の手術だから、そのまま目覚めない可能性だってゼロとは言えないわ」

「こ、恐いですね」

「そう、だから、ドナー登録をして、いざＨＬＡが適合しても、迷ったあげく骨髄移植に応じない人も少なくないのね。結局、家族の同意が得られなかったりで、最終的に移植できる人は四十人に一人くらいなのよ」

「そうか。そんなに少ないんですね」

「この仕事をしていると、命の重さを考えさせられるわ。移植を待っていた人が亡くなってしまったときはショックも受けるけど、だからこそ、骨髄移植で患者さんの命が助かったときは感動するわ」

僕とは無縁の世界だった。

「命の助かった人は、ドナーの人と二回だけ、手紙のやり取りができるの。もちろん、名前とかの身分は、互いに明かせない決まりなんだけど。私はその橋渡し役ってとこ」

彼女は窓の外の月を覗き込むように見上げて言った。

「ねぇ、知ってる？　ＨＬＡが適合する人って、祖先が繋がっていた可能性が高いらしいわ。なんかロマンを感じるわよねぇ」

ロマンという表現が正しいのかどうか、僕にはわからないが、宿命ともいうべき命のやり取りがそこにはあるのだろう。

僕は時計を見た。もう九時を過ぎていた。

「あら、ごめんなさい。お引き留めしちゃって。そろそろ出ましょうか」

僕たちはビルの前で別れた。

何か後ろ髪を引かれる思いで振り向くと、彼女はコンビニの前に落ちていたゴミを拾い上げ、近くのゴミ箱へ捨てた。ごく自然で華麗なフォームだった。

あれ？　これはどこかで見た光景だな、と思った。

残された僕の手には、今しがた彼女に渡された名刺があった。その肩書きは、「日本骨髄バンク　コーディネーター　竹下めぐみ」と記されていた。

4

自宅へ帰ると、幸恵が食事の支度をして待っていてくれた。

「今夜はスタミナ料理よ。鰻《うなぎ》の蒲焼《かばやき》、レバニラ炒め、にんにく餃子、カキフライ、サザエの壺焼《つぼや》き、とろろ昆布、オニオンスライス、ドジョウの味噌汁、それに、サーロインステーキよ。ほうれん草と小松菜の生卵入り野菜ジュースも作っておいたわ。どうかしら？」

「ど、どうしたんだよ、今夜は？」

「だって、献血して帰るってメールがあったから。たっちゃんには今夜、元気になってほしいかなって、精力のつくものを。あと鉄分の補給もね」

「あ、ありがとう」

僕は、ドーナツ三つとアイスクリームを食べたことを後悔していた。

それでもどうにか完食して動けなくなった僕は、膨らんだ腹をさすりながら、幸恵に今日の出来事を話して聞かせた。

「へぇ、凄い偶然もあるものね。キャディさんと骨髄バンクが繋がるなんて」

「そうなんだよ」

「たっちゃんの下心につけこむあたりも、やるわね」

「ば、ば、ばかなことを」

「冗談よ。何を慌ててるのよ」

真っ赤にほてった僕の顔の前で、幸恵は手の平をうちわのようにひらひらと扇ぎながら言った。

「でも、私は賛成よ」

「何が？」

「その、骨髄バンクってやつ。一緒に登録しましょ」

「えっ、何をいきなり」

「興味あるわ〜。登録してみましょうよ」

「不安じゃないのか」

「何言ってるのよ、たっちゃん。人助けでしょ。たまには社会貢献しなきゃ」

骨髄バンクに登録してから二か月が経った。そして、竹下めぐみとの間で骨髄移植のコーディネートが始まっていた。

「こんなに早くＨＬＡが合致するなんて。奇跡だわ。きっと海野さんは幸運を引き寄せる力を持ってるのね」

これは本当に幸運なのか、それとも不運なのか。

僕たちは渋谷駅で待ち合わせて銀座線に乗り、新橋《しんばし》の病院へと向かっていた。移植前の血液検査を受けるためだ。

「海野さん、何度も言うようだけど、無理しなくていいのよ。全然、断ってくれても構わないから。っていうか、それが普通なのよ。いざとなれば断る人のほうが多いし。ねっ、だから無理しないで」

そう言われても「じゃ、やめます」とは、ますます言えない。正直に言えば、移植手術は恐いし、なぜ赤の他人のためにここまでと思うと、迷うところだ。でも、もうここまできたら後へは引けない。

僕はドア寄りの端の席に、彼女と並んで座っていた。僕の右腕と竹下めぐみの左腕がぴったりくっついている。電車が揺れるたびに僕の心も揺れた。

するとと突然、彼女は勢いよく立ち上がった。僕は驚いて我に返った。一体どうしたんだろう。下車する新橋はまだ四つも先の駅だ。

彼女は混んでいる人垣を素早い動きでかき分け、一人の若い女性に声を掛けた。

「どうぞ、お掛けください」

席を譲ったのだ。若い女性は障碍者《しょうがいしゃ》のようには見えない。咄嗟には意味がわからなかった。女性は竹下めぐみに頭を下げてお礼を言い、僕の隣に座った。

あっ、そうか。これだったのか。やっと僕は、女性のバッグにぶら下がっているマタニティマークに気づいた。ハートマークの中に、可愛らしい母子の絵が描かれている。

それにしても、満員の車内でよくぞ気がついたものだ。きっと彼女は、普段から率先して、お年寄りや体の不自由な方に席を譲るタイプに違いない。先日のエレベーターでの一件といい、今日の席を譲った行動といい、彼女にとっては、どちらも当たり前の行為なのだろう。

改めて僕は、竹下めぐみの目配り、気配り、思いやりの心に感心し、その行動力に感動した。人間、思っていてもなかなか行動には移せるものではない。

僕もその一人である。到底、真似できない。理屈ではわかっているのだが、席に座れたときは「寝たふり」オンリーだ。へたをすると、優先席に座って寝たふりをすることもあるほどだ。

杖を突いているようなわかりやすい超高齢者なら席を譲ってもいいのだが、「席を譲っても失礼に当たらないお年寄りなのか、まだ元気な中高年なのか」「身体の不自由な方なのか、健常者なのか」「妊婦なのか、太っている女性なのか」など、微妙な対象者が目の前に立つと大いに困る。罪悪感と勇気のなさでモヤモヤするくらいならと、初めから知らんぷりを決め込むことにしている。

そして僕は〝偽善〟という一言で「見て見ぬふり」の行動を正当化している。すべての慈善活動は偽善者のやることだと決めつけ、別世界を生きてきた。「僕だって、必死に働いて疲れ切っているんだ」と言い聞かせる。しかし、そんな自分は決して好きではなかった。竹下めぐみと一緒にいると、ますます自分が嫌いになっていく。

今回の骨髄移植に同意したのも、何かそんな自分の行動を変えなければいけないという思いにかられたからだ。

血液検査の後、僕たちは誰もいなくなった病院の待合コーナーではす向かいに座り、紙コップの紅茶を飲んでいた。静まり返った病院内に「ズズズッ」と紅茶をすする音だけが響いている。彼女から手渡された紅茶の香りは不思議な恍惚感を放ち、僕を酔わせた。

「お疲れ様。結果はまた後日、ご連絡するわね」

「あの～、一つ聞いてもいいですか？」

「はい、どうぞ。質問は何なりと。やっぱり不安かしら？」

「いえ、そうじゃなくて。竹下さんは、自分のこと、運がいいと思いますか？」

「えっ？」

「いや、僕、ついちょっと前までとことんツイてなくて。ほら、先日、ゴルフ場で話しましたよね？　どれだけ僕がトラブル続きだったかってこと。でも、ここんところ、ピタッと何事もなく平穏無事な日々が続いてて、なんか不思議だなって。たまたまだと思うけど、竹下さんと再会してから、なんかツイてるなって思って」

「それは、たまたまじゃないわ！」

力強く言い切る彼女の回答に驚いて、僕は思わず熱い紅茶をこぼしそうになった。

「たまたまじゃないって、どういうことですか？」

「すべては海野さん、あなた自身の行動が引き寄せてるってことよ。世の中に偶然なんてないわ。いいことも悪いことも、すべて必然なのよ」

「そうでしょうか」

「じゃ、言うけど。いい？　たとえば、ケガよ。肉離れは気のゆるみとか不摂生の極みよね。それはもう一〇〇％自分の不注意でしょ。邪念の産物よ。自堕落な行動の心の底にあるのは、自分自身を大切にしていない、という無責任さであることを知っておくべきね」

「手厳しいですね。でも、まあ、確かに」

「他人を大切にしない人は、自分も大切にしていないってことなのよ。自己中心的な行動は、結局、自分のためにならないんだもの」

竹下めぐみの〝教え〟はヒートアップしていった。

「お母様の振り込め詐欺もそう。あなたがどれだけ実家に帰っていないか。親孝行していないか。コミュニケーションが取れていないか。普段の行動がいかに信用されていないか。あなたの行動の蓄積が被害を生んだのよ」

それは僕も、何となく理解していたことだが、あえて指摘されると胸が痛い。

「火事だってそうよ。同じ屋根の下で暮らしているマンションの住人が起こした不注意よね。直接つき合いのない人かもしれないけど、たとえばあなたがマンションの住人の皆さんに気持ちよく挨拶するだけでも、住人の気分は変わったはずじゃないかしら……海野さん、バタフライ・エフェクトってご存じ？」

「まあ、言葉だけなら」

何かの小説で読んだ覚えがある。竹下めぐみは小さく頷いた。

「些細《ささい》な小さなことが、さまざまな要因を引き起こして、段々と大きな現象へと変化することよね。今回の火事もそう。あなたの挨拶から、一人一人のイライラが微妙に変化して、運命は少しずつ変わっていたかもしれない。火事そのものは海野さんのせいじゃないけど、あなた次第で周囲の人の運は変わっていた可能性はあるわ」

そういう解釈もあるのか。

「そもそも、大惨事にならなかったんだから、運がよかったとも言えるわね」

ああ、そっちの解釈は尚更よくわかる。

「あと、なんでしたっけ。そうそう、電車での鼻血事件ね。あれも、海野さんの事なかれ主義が招いたことよ。他人に興味を持たないから、ふと気がつくと、たちの悪い人たちのそばに近寄ってしまうの。人に注意を払っていると、無意識に危険な人の近くには寄らないものよ。要するに察知するのね、運のアンテナが。そういうものよ」

「へぇー、そういうもんですかね」

「そうよ。犬の糞も、鳩の糞も、トラックの泥水も。海野さん、あなた自身が引き寄せてるのよ。わかるかしら？」

「それも、運のアンテナが鈍っていたからですか？」

「ええ。あなたがアクションの女神を侮《あなど》って、ダーティー行為を繰り返していると、直観が鈍るのね」

「アクションの女神？」

あれ、どこかで聞いたような話だな……。

「そうよ。信じてみて。いつも女神が見ているって。天罰って言えばわかりやすいかな。そうねぇ。たとえば、雲の上から観察されているとか。いつもお年寄りを放っておいて、電車で寝たふりしているあなたを！」

「ああ、すいません！　ん？　でも、その話、話しましたっけ？」

ていうか、そもそも、母が騙された話や火事の話を彼女にしたことってあっただろうか？　記憶が交錯してきた。頭がクラクラする。

「ごめんなさい。言い過ぎたかしら。とにかく。自分の良心に従って正しい行動を取ることよ。偽善呼ばわりの正当化もやめることね」

何もかも彼女はお見通しなのかもしれない。

「そうすればゴルフのスコアも安定するわ」

「ええっ！」

竹下めぐみと出会った悲惨なゴルフコンペを思い起こした。あのとき僕は、カッカと頭に血が上り、まったく周りが見えていなかった。ひたすら自分のことばかりだった。

「インサイドアウトのスイングが大事よ。アウトサイドインでは、スライスしてOB連発するだけ。海野さんならわかるでしょ？　人生やビジネスでの人間関係も同じなの。自分自身から他人へアクションを起こすアプローチをインサイドアウト、他人や環境に依存してアクションを起こさないことをアウトサイドインと呼ぶわ」

なるほど。彼女のロジックが、僕の胸にストンと落ちた。

「決してテクニックじゃないのよ。インサイドアウトの生き方なら、他人や環境に左右されずに、自分の運命をコントロールすることだって可能になるの」

いつの間にか僕は、彼女の魔訶不思議な「アクションの女神理論」に対し、素直に納得していた。アウトサイドもインサイドも、どこかのセミナーで学んだことがあるような気がする。理屈ではわかっていたつもりだった。

でも違うんだ。理屈じゃなくて、大事なのは〝行動〟なんだって。

「そう、女神はいつも男らしい男が好きなのよ」

目と目が合った。

「誠実さを行動で示してくれる人を好きになるの。人間の女性も同じでしょ」

そういえば、献血センターで再会したあのとき、竹下めぐみが窓の外を行きかうスクランブル交差点を見下ろし、つぶやいていた独り言を思い出した。

「献血は幸運を引き寄せる第一歩ね。自分さえよければそれでいいという行動がツキを逃がすのよ」

それはまるで、僕自身に向かって投げかけられた言葉のような気がして、胸をグサッとえぐられた。強烈なメッセージとなって今でも心に残っている。そのときの彼女の横顔はこの世の者とは思えない妖艶なオーラを発していた。窓ガラスに反射して映る月が、彼女に後光を差しているようにも見えた。

そう、まるで「かぐや姫」だった。

彼女に魅せられたそのときの場面を、僕は今になってまた回想していた。

これからは良心に従い、正しい行動を取っていこう。世のため人のため、微力ながら尽くしていこう。そして「アクションの女神」を味方につけよう、そう僕は心に誓っていた。

気がつくと、外はすっかり日が暮れ、十五夜の満月が夜空を照らしていた。

彼女と一緒に病院を出て、近くの大きな交差点まで歩くと、歩道橋の下で竹下めぐみは立ち止まった。

「じゃ、私はここで。今からお迎えがくるの」

「えっ、お迎え？」

「父が車で近くまで来ているらしいの。そろそろ帰らないと。ここで失礼するわ。海野さんの幸運を祈ってるわね」

「うん。ありがとう。じゃ、また」

するとすると彼女は、まるで宙を舞うように歩道橋の階段を一気に駆け上がると、僕のほうを振り向き、にっこりと微笑んだ。

「さようなら」


今日の満月はいつもより大きく、すぐ近くに見えた。

ストーリー❹
マネーの神様

1

あの満月の夜から一週間が過ぎた土曜日、骨髄バンクから自宅へ一通の手紙が届いた。すぐに封を切って中を見てみると、ごく短い事務的なお知らせだけが書かれていた。

〔このたびのコーディネートは終了しました〕

僕は唖然となった。血液検査の結果は「問題なし」という通知が二日前に届いたばかりだったのに……。

「こんなことって……」

コーディネート終了についての理由は一切書かれていなかった。

骨髄移植が中止となった場合、その理由について「教えてもらえないルール」であることは、事前に竹下めぐみから聞いて知っていた。おそらく、患者さんの容体が悪化して移植のできない状態になってしまったか、亡くなってしまった可能性が高い。もしくは、別のドナーが同時並行でコーディネートされている場合もあるため、僕の代わりに誰かの骨髄が移植されたのかもしれない。

患者さんには、助かっていてほしいと願うが、亡くなってしまったのなら悔やんでも悔やみ切れない。僕がもっと早く登録していたら、助かったかもしれないのだ。

僕は慌てて、竹下めぐみの携帯へ電話をかけたが、もはや使われていなかった。職場へ問い合わせたところ、コーディネーターの仕事も辞めたらしい。

彼女の消息は絶たれた。

僕はバルコニーに出て、ランチのサンドイッチを頬張った。竹下めぐみの〝教え〟を思い起こしながら、ゆっくりと紅茶を飲んだ。

うっすらと透き通るように美しい「白い半月」が西の空に沈んで消えた。

それから一か月のときが流れた。とある休日の午後。

僕は幸恵から「今日はデパートにつき合って」と、半ば強引に誘われ、買い物に来ていた。

雑貨売場でウインドウショッピングしていると、幸恵は、不意に語り出した。

「たっちゃん、偉かったと思うわ。骨髄移植を決意したこと。結局、移植とはならなかったけど、いざとなればたくさんの人たちが移植を辞退しちゃうわけでしょ。そもそも、ほとんどの人たちは骨髄バンクに登録しようとさえしないじゃない。それなのに、たっちゃんは移植寸前までいったんだもの。その決断と行動力、凄いよ」

「なんだよ、サチ。急にどうしたんだよ」

僕は偉くもなんともない。移植のコーディネートが終了して、心のどこかでホッとしている自分がいる。インサイドアウトは、まだまだ不十分だ。

「またさ、たっちゃんと別の患者さんとのＨＬＡが合致するかもしれないじゃない？　そのときは、また骨髄移植するんでしょ？」

「まあ、たぶん。そうだね」

「たっちゃん、変わったよね。いい人になった。っていうか、それが本当のたっちゃんだと思う」

確かに、あれから僕はさまざまな〝アクション〟を起こした。

電車の席をお年寄りに譲った。街でゴミを拾ってゴミ箱に捨てた。エレベーターで乗ってくる人を待った。実家に帰って両親を外食に招待し親孝行の真似事をしてみた。コンビニの募金箱には積極的に小銭を寄付した。そして、再び献血センターにも足を運んだ。知的障碍児の運動会をサポートする活動にも参加し、さまざまなボランティアに目覚めた。

そして今は、児童養護施設にも定期的に通っている。施設にいる子供たちの七割が親の虐待から逃れてきたと知り、僕は衝撃を受けた。子供たちの体のあちこちには、殴られた傷や火傷の痕などが残っている。食事も満足に与えられなかった子供たちには発達障害もあった。それ以上に、心には「深い傷」を負っている。そう、ここはシェルターなのだ。

僕は子供たちへ気の利いた言葉を掛けてあげることができずに、初めはなかなかなついてくれなかったが、一緒にドッジボールをしたりスキンシップを図っていくうちに、子供たちのほうからベタベタと甘えてくれるようになった。今までどれだけ愛情に飢えていたのか、子供たちを抱きしめるほどに、いとおしくやるせなかった。

どのアクションも、今までの僕では考えられないことだった。明らかに僕の行動は変化したのだ。

だからといって、特別に幸運な出来事がやってきたわけではない。しかし僕は、何事もないこの平穏な日々こそが、何よりの幸せであることをしみじみと実感していた。最悪の

「厄」は去って行き、〝運気のステージ〟が一つ上がったような気がしていた。

これからもアクションの女神が、僕の「善の行動」を監視してくれているとしたなら、僕が「他者への貢献」を忘れたときには、「ツイてない」という信号を送ってくれることだろう。僕に〝気づき〟を与えてくれるために……。

そのときはまた、竹下めぐみに会えるだろうか。


「たっちゃん、たっちゃん！　どこ行くの！　そっちは女性の下着売場よ」

僕は顔を真っ赤にして踵《きびす》を返した。

「どうしたの？　ボーッとして」

「いや、別に」

「私、ちょっと、お化粧室に行ってくるわね」

「うん」

「あそこの休憩コーナーで待ってて」

「了解！」

僕は休憩コーナーの長椅子に座り、物思いにふけった。

確かに幸せだ。平和である。

でも、何かが物足りない。社会に貢献している、人々に喜ばれているという自己満足に浸っているだけでいいのか。

「このままではいけない」という漠然とした思いに突き動かされていた。自分でも一体、何をどうしたいのか、皆目見当もつかない。だが、どうにも心のざわつきが治まらなかった。

「あれっ?」

ふと我に返ると、不自然な距離感でピタッと寄り添うように座っている隣の男が、満面の笑顔で僕を見つめていることに気づいた。不気味な男だ。

「あの〜、ちょっとお尋ねしたいんですけど」

いきなり声を掛けられた。

「は、はい?」

「わたくし、外資系企業のハートフルハピネス生命で、スカウティングを担当している者なんですけど。金元《かねもと》礼二《れいじ》と申します」

高級そうなスリーピースのスーツを、ピチピチに着こなした小太りの中年男性が、金ピカ色の名刺を差し出してきた。何なんだこのおっさんは？　詐欺師の匂いが漂っている。

僕は無視して立ち去ろうと思ったが、金縁メガネの奥の鋭い眼光に圧倒され、まるで金縛りにあったかのように身動きが取れなかった。

「いえね。あなたを一目見て、お仕事のできる優秀なビジネスマンだと思いましてね。いや〜、あなたは素晴らしい。私にはわかります、長年プロのスカウトをしておりますと、一瞬で見抜けてしまうんですよ。さぞかし、ご活躍されているんでしょうねぇ」

「それほどでもないですよ」

　僕はぶっきらぼうに応えたが、ここまで褒められると内心まんざらでもなかった。自分で言うのもおこがましいが、最近の我がチームの営業成績は群を抜いている。社内では圧倒的、向かうところ敵なしだった。

「私は誰にでも声を掛けているわけじゃないんですよ。デキるオーラを発して輝いてるビジネスマンだけを、こうしてスカウトしてるんです」

「いや、でも結構です。僕は転職する気はないですから！」

「はいはい、もちろん。すぐに転職しましょう、という話ではないんですよ」

「はっ？」

「将来のキャリアビジョンのための情報提供でも、と」

「情報提供なんて、僕にはいいですよ」

「これも何かのご縁ですから、まずは名刺交換だけでもいかがでしょうか」

強引なご縁もあるものだ。その手には乗らない。

「そろそろ妻が戻ってきますので、これで」

僕は大仰なジェスチャーで腕時計を見た。

「たっちゃん、お待たせ！」

まるで計ったかのようなタイミングで幸恵が戻ってきた。

僕が立ち上がって幸恵に近づくと、彼女の視線は僕を通り越して、スカウトマンを凝視していた。

「あれっ？　ちょっと！　もしかして礼二君？　そうでしょ。礼二君じゃない！　わぁー、久しぶり」

「ええー、さっちゃん！　なつかしいなぁ！　まさかこんなところでさっちゃんに会えるなんて！　全然、昔と変わってないなぁ！」

何なんだ、このシチュエーションは。まさかサチとこの男が知り合いとは。

それにしても馴れ馴れし過ぎる。二人は互いの両肩をつかんで、デパートの真ん中で飛び跳ねているが、どういう関係なのか。

「たっちゃん、礼二君と知り合いだったの？　彼と私は幼馴染みなのよ。小さい頃からよく遊んでもらった近所のおにいちゃん。歳は二つ上よ」

なるほど。凄い偶然があるものだ。それにしても、この男は三十代なのか。どう見ても五十歳前後だろ。いくらなんでも老け過ぎてる。髪も薄く白髪交じりだ。

「サチ、そうだったのか。金元さんとは、たまたま今ここで初めて会って名刺をいただいたところで。なんでも、外資系生保でスカウトのお仕事をされているとかで」

「へぇー、礼二君、出世したのね。なんだか羽振りがよさそう。その靴、シルバノ・ラッタンツィじゃない？　ねぇ、たっちゃん、確か以前にたっちゃんが夢に見るほど欲しいって言ってた靴でしょ」

出た。靴のロールスロイス。朝井昇が履いていた靴と同じじゃないか。彼もまた同じように、不思議の国の住人なのだろうか。

金元礼二が驚いた様子で、僕と幸恵の顔を交互に見比べている。

「あれっ、ってことは、彼はさっちゃんの旦那さんってこと？」

幸恵は誇らしげに胸を張り、襟を正すようにして僕を紹介した。

「そう。こちらは私の旦那さんで海野達彦。おとなし結婚したの。私は今、海野幸恵って言うのよ」

「そうだったのか」

金元礼二は僕に向かって深々と頭を下げた。

「海野さん、先ほどは大変、失礼しました」

「いいえ、とんでもないです。こちらこそ……」

幸恵は僕の言葉を遮《さえぎ》って話を被せてきた。

「ねえ礼二君、ぜひ今度、うちに遊びに来て。中目黒よ。そういえば、確か礼二君も結婚したんでしょ？　ぜひご夫婦で」

「うん、ありがとう。そうそう、実は新婚なんだ。先週、ハネムーンから帰ってきたとこ」

「そうなの～。おめでとう！　新婚旅行はどこに行ってきたの？」

「ニューカレドニアまで」

「へぇー、素敵。天国に一番近い島だったかしら。いいわね」

何？　ニューカレドニアだって！　僕は玉三郎マスターを思い出していた。一体〝彼女〟は今、どこでどうしているだろうか。

「じゃ、今度、夫婦でゆっくりお邪魔させてもらうよ。妻も紹介したいしね。海野さん、よろしいんですか？」

「あっ、もちろん。どうぞどうぞ、お待ちしています」

僕は社交辞令でその場のお茶を濁し、幸恵の袖を引っ張った。

「じゃ、礼二君。そろそろ行くわ。たっちゃん、礼二君の名刺もらったのよね。だったら近いうちにそこへ連絡するわ」

「うん。さっちゃん、待ってるよ」


僕たちはデパートを後にした。

「サチ、さっきはご機嫌だったな。よかったね、久しぶりに幼馴染みに会えて」

「ホントにね。奇跡だわ」

「ところでサチ。デパートまで来て、結局、何も買わなかったのか」

「うん、我慢、我慢。なるべく無駄遣いは抑えないとね。今、お給料日前でピンチだから」

「そうか。だったら、カード使えばよかったじゃないか」

「でも、そうしたら、また来月も厳しくなるし。ここんところ、マイホームの頭金に溜めておいた預金を切り崩してるでしょ。それもいよいよ、底をついちゃいそうだし。それに私、派遣の仕事、今月で更新されずに打ち切り。次の職場はいつからになるか、全然わからないしね」

平穏な幸せを満喫しているとはいえ、我が家の「金運」は決していいとは言えなかった。僕の会社は一部上場企業とはいっても、食品メーカーの相場通り給与は安く、手取りはわずか三十万円だ。今住んでいる中目黒のマンションの家賃は十六万円で、住宅費の補助はゼロ。家賃負担を減らすために引っ越しも考えたが、その引っ越し代も捻出できない。

いい年をしてこれ以上、実家の親に迷惑は掛けられない。このままではマイホームどころか、子供も作れないだろう。働きに給料が見合っていないのだ。

僕のお小遣いは、毎月ランチ代込みの三万円で賄《まかな》っている。よって、最近の僕の口癖は諦め感たっぷりな「金がないから」と「ツイてない」になっている。

「頑張って早く出世して、お給料を上げてもらってね」と幸恵は言うが、うちの会社は年功序列だ。いくら僕がリーダーとしての活躍が認められたからといっても、高収入になるのはまだまだ遠い先の話である。課長になれるまでにはあと十年、部長になれるとしても二十年は待たなければならない。

今の僕には、幸恵に豊かな生活をさせてあげる甲斐性もないのだ。

それを思うと悔しかった。靴のロールスロイスなんて、夢のまた夢だ。

2

ピピー、バタン。

通勤客でごった返す日比谷線の自動改札機のバーに太ももを遮られた。定期券の期限が切れており、パスモの残高が足りなかったためだ。僕の後ろに列を作っていた多くの乗客が、つんのめる体勢になり、引き返そうとする僕の顔を迷惑そうに睨みつけている。

駅の改札を出られなかった僕は、精算機へと向かった。財布にはもう小銭しか残っていない。残金は八百三十円だった。二百円を出すと、残りは六百三十円。給料日は明後日だ。明日のランチはコンビニのおにぎりで我慢するしかない。

日々の極貧ぶりは、僕の気持ちを憂鬱にさせた。心のざわつきが治まらないのは、「貧乏のせい」であることはもう明らかだった。

世界中には、もっと貧しい人たちがたくさんいる。我が家だって、いわゆる日本の代表的な中流家庭だ。贅沢を言ったらバチが当たる。幸恵は生活に不満を言う妻ではない。僕は恵まれているほうなのだ。そう自分に言い聞かせてきた。

しかし同時に、忸怩《じくじ》たる思いで過ごしていることも事実だ。金元礼二のスーツ、恩田信次の腕時計、そして朝井昇の革靴、それら成功者の象徴とも言うべき、憧れのブランド品が頭から離れなかった。

学生時代も貧乏だったが、あの当時は夢があった。羽田空港のエグゼクティブ・ラウンジで靴磨きのアルバイトをしているとき、靴墨で真っ黒になった指先を見つめながら「いつかこのセレブたちと同じ立場になってやる」と、心に誓ったものだった。

お金で幸せは買えない、人生お金がすべてじゃない、そんなことはわかっている。しかし、それを隠れ蓑にして諦めている自分が好きじゃなかった。〝その他大勢〟に埋没している自分が許せなかった。

だからといって、独立・起業する勇気があるわけでもなく、悶々とする日々を過ごしていた。

3

初夏の青空と、そよ風が心地よい日曜日の午後。金元礼二が新妻を連れて、我が家を訪れる日がやってきた。

幸恵は、この日を楽しみにしていて準備に余念がない様子だったが、正直なところ僕は面倒だった。いや、金元礼二に会いたくなかったのだ。

あれから幸恵は、彼と何度も電話で話しているようだった。

「ねえ、たっちゃん、聞いて、聞いて。礼二君の新居ね。南麻布に８ＬＤＫの豪邸を建てたんだって。庭つきよ。凄いわね！」

「へぇ～、そりゃ凄い」

「年収二億円超えてるんですって。無理矢理に聞いちゃったの」

ますます胸の奥のほうがモヤモヤしてきた。

ピンポーン。

「来たわ。はーい」

幸恵の旧友だ。大人の対応で、精一杯のおもてなしをしよう。無難に、今日一日だけ接客すればいいことじゃないか。

そう、それで終わるはずだった。

ところが、そのときの僕は、これから「人生が激変する思いがけない事態」が待っていることをまだ知る由《よし》もなかった。

幸恵は玄関へお迎えに出たが、僕はリビングのソファに座り、待ち構えた。

「どうぞ。どうぞ」

「これ、パッション・ベーカーズのロールチーズケーキと、ポジティブ・ショコラのチョコレートシュークリーム。口に合うといいんだけど」

「わぁー、超有名店のスイーツじゃない。私たち庶民は、テレビでしかお目に掛かったことないわ。ありがとう！　嬉しいー！」

幸恵と礼二の会話が廊下から聞こえてくる。何なんだ、そのブランド名は。幸恵のテンションは上がるばかりだが、僕のテンションは下がるばかりだ。

「海野さん、こんにちは。お邪魔します。先日はどうも」

「ようこそ。いらっしゃい」

僕は無理矢理に愛想笑いを浮かべて出迎えた。

「こんにちは。初めまして」

金元礼二の後ろから新妻の声も聞こえてくる。

さて、どんな派手な女なのだろうか。顔を拝んでやろう。

「ええっ！　嘘っ！」

礼二の背中からひょっこり顔を出したその新妻を見て、僕は驚きのあまり、ひっくり返りそうになった。

「どうしたの？　たっちゃん」

「どうしたも何も、こんなことって」

そこにいたのは、まぎれもなく「竹下めぐみ」だった。

こんな偶然があるものなのか。

幸恵との結婚を境に、この二年間で摩訶不思議な体験を何度もしてきた僕は、もう多少のことでは驚かなくなっていたつもりだったが、このときばかりは驚きを通り越して声にもならなかった。まさか、金元礼二の「妻」が竹下めぐみだったとは……。

聞くところによればどうやら、めぐみの父親からの勧めでお見合いをした相手が礼二だったらしく、僕へのコーディネートの仕事を最後に骨髄バンクは寿《ことぶき》退社したのだという。

ただ、僕にはどうしても、二人がお似合いとは思えなかった。見た目が「美女と野獣」という理由だけではない。ボランティア精神とホスピタリティ溢れるめぐみと、貪欲で野心家な成金タイプの礼二が夫婦とは、僕には謎でしかなかった。何か、コントを演じるニセ物夫婦のような……。

それが、嫉妬なのかどうか、僕にはわからない。めぐみが金目当てで結婚したとも思いたくなかった。

幸恵と「金元めぐみ」はすぐに打ち解けた。骨髄バンクに登録に出向いたときも、コーディネーターのめぐみと幸恵とは顔を合わせていない。今日が初対面だ。にもかかわらず、まるでそれを感じさせないほど、意気投合して盛り上がっている。礼二と同様に、めぐみとも幼馴染みであるかのような、阿吽《あうん》の呼吸で会話をしている。これまた不思議だ。

「海野さん、少しだけ男二人で話しませんか？」

「はい……。だったら、天気もいいし、バルコニーで飲みましょうか」

「いいですね！」

僕たちは、ワイングラスを片手にバルコニーへ席を移した。幸恵とめぐみはダイニングから笑顔で僕たち二人に手を振っている。


僕たちは赤ワインで乾杯した。彼が持参したヴィンテージワインだ。なんという銘柄かわからないが、一本二十万円もするらしい。

彼は何も喋らずワインを眺めていたかと思うと、ワイングラスをぐるぐる回し、グラスに鼻を突っ込んで香りを楽しみ、口の中でころがすように味わっている。

僕は破れかぶれになり、ビールを飲むように高級ワインをがぶ飲みした。

「海野さん、今日はお招きいただき、ありがとうございます。気持ちがいいですね。ここは。見晴らしがよくて、最高ですね」

青空いっぱいにシュークリームのような白い雲が浮かんでいる。

真正面には、恵比寿のタワーホテルがそびえ立っている。早朝の交流会で幸恵と再会した思い出の場所だ。いつでも原点に返れるようにと、新婚当初、バルコニーから恵比寿のホテルが見えるこの部屋に決めたのだ。

「それにしても、めぐみさんが金元さんの奥様とは、驚きました」

「まさか、海野さんとお知り合いだったとは。私も先ほど初めて聞いて驚きました。奇遇ですよね」

「いや〜、こんな偶然ってあるんですね。神懸かってますよ」

僕の言葉に、一瞬、金元礼二がピクリと反応したように思えたが、気のせいだったかもしれない。

沈黙を破るように、僕は思い切って疑問をぶつけてみることにした。

「ところで、金元さん。スカウトの仕事って、そんなに儲かるものなんですか？」

「いえ、あれは趣味の一環なんですよ」

「趣味？」

「私の本業は、生命保険の営業です。スカウトしても、私は一円の得にもなりませんよ。

でも、私は自分の仕事に誇りを持っているんです。一人でも多くの人に、この素晴らしい仕事を知ってもらいたい。だから、優秀そうな人を見つけると、思わず声を掛けてしまいたくなるんです」

僕は自分の仕事を、そんなふうに考えたことはなかった。

「私のスカウトをきっかけにして、かれこれ数十人という優秀な人材が仲間になってくれました。おかげで会社や上司からは感謝されてますし、私自身も励みになります」

「なるほど。そうだったんですか。ところで、そのハートフルハピネス生命の営業って、どんな仕事なんですか？」

「一言でいうと、社会貢献ですね」

「えっ、社会貢献ですか？」

「はい、そうです。世の中の人々のお役に立った分だけ、感謝された分だけ、喜んでもらえた分だけ、収入は青天井に上がっていきます」

「本当ですか？　それは金元さんだから、ですよね」

「はい。ただ、私だけではありませんよ。もちろん、全員が稼げているわけではありませんがね。社会に貢献しようとしない利己的な人は貧乏なままです」

貧乏という言葉にドキッとした。

金元礼二の言葉は、徐々に熱を帯びてきた。

「社会への貢献と自分への貢献が、イコールになっている人が成功者になります」

「はあ、自分への貢献？」

「だって、社会貢献は、自己犠牲の上に成り立っているわけじゃないんですよ」

「自己犠牲じゃなく、ですか？」

「利己的な振る舞いと、自分への貢献は正反対の意味です。社会貢献することと自己犠牲もまたイコールではありません」

「なんだか、ややこしくなってきましたね」

「いえいえ、極めてシンプルですよ。要は、お金を稼ぐことに後ろめたさを感じなくていい、ということです。堂々と自分のため、家族のために稼げばいいんです」

「ああ、そうか」

「もっと言えば、自分の幸せを求めていない人が、人に幸せを与えようだなんて、間違ってるってことです」

確かに、僕は竹下めぐみに出会って社会貢献に目覚めた。自己中心的な自分から脱却しようと努めた。でも、何かが違うと感じていたのは、これだったのかもしれない。

僕の場合、豊かな暮らしとはほど遠く、本心から幸せかというと決してそうではない。

完全にバランスを崩していた。僕は大きな勘違いをしていたようだ。

「今、欲のない若者が増えてますよね。お金に執着しないこの世代こそが、不景気の要因なんです。『人生はお金じゃない』『お金よりも大事なのは愛だ』などと言う。もちろん、それを全否定する気はありませんよ。ただ問題なのは、彼らがそういうフレーズを楯にして、ひたすら怠けてる、ってことなんです」

ワインの酔いが回ったのか、金元礼二の言葉が、僕に劇薬を注入したかのように体中を駆け巡っていく。

「お金を稼いで使うという経済活動こそが、最高の社会貢献なんですよ」

彼の鼻息はますます荒くなっていった。

「たとえば、海野さん、あなたがたくさん稼いでたくさん使うほど、世の中の景気回復に大きく貢献することになりますよね。だって、海野さんが稼いだお金をどんどん消費すれば、物が売れ、お金が市場に出回り、経済が活性化していくでしょう。そして、企業から支払われる社員への給料も上がっていく。税収も上がって国や地域も潤います」

「なるほど。確かに、それはそうですね」

「ということは、お金を稼ぐことは、家族や友人を救い、組織の仲間を救い、人類をも救うことになります。もし、海野さんが本来の能力を持て余したまま、お金を稼ごうとしないのなら、それは偽りの安定に魂を売る裏切り行為と同じなんですよ」

「いや、裏切ってるつもりはないんですけど……」

「まずは海野さん自身が、豊かで幸せな人生を送ることです。やはり、自分自身が豊かで幸せでない限り、他人を幸せにすることはできません。今すぐ、お金への歪んだ価値観を捨て、もっともっと稼ごうではありませんか！」

礼二は勢いよく立ち上がり、空を見上げて叫んだ。

「マネーの神様は、心からそれを望む人にだけ微笑むんです」

本当にマネーの神様が憑《と》りついたのではないかと思うほど、礼二の興奮は最高潮に達していた。

「だから、海野さんにはもっと素直に『稼ぎたい』と宣言してほしいんです。いい意味でギラギラした欲を持ってほしいんです」

「金元さんの営業のお仕事というのは、お客様に貢献すればするほど、自分やその家族も豊かになれるんですか？」

「もちろん、その通りです！」

年収二億円の男にそこまで自信満々に言い切られると、説得力が違う。それに、彼はめぐみさんが選んだ相手だ。信頼してもいい。

「海野さんの夢はなんですか？」

　唐突に話題を変えられて、僕は咄嗟の反応に困った。

「えっ、夢ですか……。う～ん」

「たとえば、十年後の自分はどうなっているイメージですか？」

「ええっと……まあ、四十歳を過ぎたら、課長くらいにはなっているかな……」

「課長になって何がしたいですか？　とその前に、猛烈に頑張ったとして、『ツイてない海野さん』が、課長になれる保証はあるんですかね？」

「……」

　確かに、それはわからない。

　年功序列といっても、派閥人事に乗り損ねたらアウトだ。サラリーマンの世界、特にうちの会社は実績よりも「上司から好かれるかどうか」が運命の別れ道になる。伊勢部長が属する「氷川《ひかわ》専務派閥」だって、いつまで主流派でいられるのかわからない。もし抵抗勢力である「毒島《ぶすじま》常務派閥」の鬼熊部長が実権を握ったら、僕にはもう出世の道はない。

「海野さん、一度、弊社へ来て、詳しいお話を聞いてみませんか？」

　僕は深く大きく頷いていた。

　大空を見上げると、シュークリーム状の雲たちが形を変えながら、物凄いスピードで天高く昇っていった。

4

僕は会社へ辞表を提出した。

ハートフルハピネス生命への入社を決めたのだ。伊勢部長からは思いとどまるよう何度も説得されたが、僕の決意は変わらなかった。

亀田、鶴岡、平泉の三人は、快く僕の〝卒業〟を祝ってくれ、送別会では皆、号泣してくれた。彼らのためにも、僕は次のステージで成功しなければならない。

胸に手を当てて振り返ってみると、僕は優秀なリーダーではなかったかもしれない。指導といっても、それは単にテクニックの域を超えていなかった気がする。ただ優秀な部下たちに恵まれただけだった。それこそ、たまたま運がよかったのだ。

もう一度、僕は一プレーヤーとして自分の力を試したかった。だから、あえてリスクを背負い、個人事業主の世界へ挑戦しようと決意したのだ。

社会への貢献と自分への貢献をイコールにする世界を思い、僕は胸のワクワクが抑え切れなかった。

ハートフルハピネス生命に入社して半年が過ぎた。

報酬は完全歩合給制度だ。三十五万円で入社した僕の月給は、早くも百五十万円を超えていた。今月は大きな法人契約が決まったので、来月の給与はなんと六百万円になる。前職の年収以上の額が月収で手に入るなんて、まるで夢のようだ。

正直、思っていたよりも簡単な仕事だなと思った。入社前には難しい営業なのかと不安も感じていたが、成果がダイレクトに評価され、大きな見返りが得られる。猪突猛進で頑張り過ぎてしまう僕には、ちょうど合っている仕事だった。

運も味方してくれた。出会う人出会う人が「ちょうど保険に入ろうかと考えていた」と言っては、次から次へと加入してくれたのだ。紹介客から紹介客へと、顧客マーケットも無限に広がっていった。すべての人々が僕の応援団となって協力してくれたのだ。それはまるで、マネーの神様が味方についたかのような快進撃だった。

その日、僕は金元礼二と六本木オフィス近くのステーキレストランにいた。カウンター席から、都内の景色が一望できる高層ホテルの最上階にある松阪牛専門店だ。ランチタイムであったがグラスワインで乾杯し、すでにほろ酔いになっていた。

高揚する気持ちとは裏腹に、窓の外からは、灰色の空いっぱいに広がる巨大ＵＦＯのような真っ黒い積乱雲が、ガラス越しの眼前に迫ってくる。

「海野さん、今日はささやかながら、私から心ばかりのお祝いです。おめでとうございます！　素晴らしい活躍ですね」

金元礼二に握手を求められた。

「いや～、金元さんのおかげですよ。この仕事に誘っていただき、本当に感謝してます」

「やっぱり、私の目に狂いはなかったってことですね。一目見たときから海野さんは絶対に成功すると思ってましたよ」

「ありがとうございます！」

「ところで、今日は大事なご報告があります」

「何でしょう？」

「実は私、独立して海外で会社を立ち上げようかと思いまして」

「えっ？　うちの会社は辞めてしまうんですか？」

「ええ。でも保険の仕事は辞めませんよ。むしろもっと、世界中の人々へ貢献できるような保険ビジネスを展開していきたいと思ってるんです」

「そうなんですか。寂しくなります。でも、凄いですね。さすが、金元さん、スケールが違いますね」

「まずは、インドからと思ってます。いずれ人口でも中国を追い抜くでしょう。これから世界の中心はインドになります。インドには私の親戚もいますし……」

「親戚も？」

「はい。名前は『金元ガネーシャ太郎』って言うんですけどね。彼の応援があれば百人力です」

どっかで聞いたことのある名前だ。

「で、いつから？」

「明日、出発です。妻のめぐみも連れていきます。早朝の便ですから、お見送りは結構ですよ」

「明日の早朝って、そんなに急に？」

「すぐにまた会えますから。きっと」

「いやはや、もうびっくりし過ぎて。まだ、気持ちの整理がつきませんよ」

「海野さん、もっともっと稼いでくださいね！」

「は、はい、もちろんです！」

「最期に一言だけ。忠告しておきます。くれぐれも気をつけてくださいね。お金の使い道には！　無駄遣いはダメですよ」

「ははっ、大丈夫ですよ」

「ですよね。ははははっ」

金元礼二は、両手で高給ブランドスーツ・ブリオーニの襟を正し、大きな声で笑った。足元のシルバノ・ラッタンツィがいつもより光って眩《まぶ》しかった。


「サチ、ただいま」

「たっちゃん、おかえり」

いつもながら幸恵の笑顔には、一瞬にして仕事の疲れが吹き飛ぶ癒しの効果がある。

「ねぇ、サチ、金元さん夫婦の話、聞いた？」

「うん。聞いたわ。とっても寂しいけど、素晴らしい決断だもの。祝福して応援してあげなきゃね。いつかインドへ遊びに行きましょ」

「うん、そうだね」

僕はリビングのソファにドサッと腰を下ろし、伸びをした。

「いやー、今日もよく働いたぁ！」

「凄いわね、たっちゃん。ホント頑張ってる。最近、生き生きしてるし。とってもステキよ」

「いや〜、まだまだ稼ぐよ。今年は年収三千万、来年は五千万円を目指して頑張る！」

「凄ーい。じゃ、たくさん貯金できるわね」

「そうだね。貯金もできるし、もっといい暮らしができるように頑張るよ。なーに、今までサチに我慢させてきた罪滅ぼしさ」

「た、たっちゃん……」

幸恵は目に涙を溜めている。

僕は勝ち誇っていた。完全に「金運」をつかんだ、そう思っていた。

窓の外では、真っ黒な雲がバケツをひっくり返したような土砂降りの大雨を降らせていた。

「たっちゃん……」

幸恵がカーテンを閉めながらそっと何かをつぶやいたが……。

豪雨の音にかき消され、僕にはよく聞き取れなかった。

ゴロゴロ、ドーンと、どこかで雷が落ちる音がした。

ストーリー❺

リミットの神様

1

生命保険の営業を始めてから二年目の夏を迎えていた。

順調過ぎるほど順調だ。いよいよ僕にも運が向いてきたようだ。年収も数千万円の桁《けた》にまで上がったが、僕は浮かれることなく、堅実に暮らそうと決めていた。金元礼二との約束通りに。無駄遣いすることなく……。

昨年度は新人でナンバーワン、全国五千人の営業社員の中でも上位二十名として表彰台に立つこともできた。そんな僕を仲間たちは祝福してくれ、応援してくれた。会社の仲間もいい人ばかりだ。この組織には、妬みや嫉《そね》み、足の引っ張り合いなど存在しない。最高の環境だった。

オフィスの隣の席には、西上拓磨《にしがみたくま》という親切な先輩社員がいた。彼は中途入社十年目の三十七歳、誠実さを絵に描いたような笑顔の素敵なナイスガイだった。

入社間もない頃には、終電ギリギリまでロールプレイングの相手役を務めてくれた。スキルの未熟だった僕をサポートするため、お客様のところへ同行訪問してくれたこともあった。その後も、困ったことがあれば親身になって相談にも乗ってくれた。時々ランチを奢ってくれたり、残業のときには夜食の差し入れまで。西上拓磨には感謝の気持ちでいっぱいだった。

「よっ、海野君、相変わらず、絶好調だな！　ホント、君の頑張りには感心するよ」

「いえ、そんな。まだまだ。運がいいだけです」

「いやいや、ご謙遜を！」

「西上師匠のおかげですよ」

「さすが、とことん謙虚だな。ところでさ、海野君。明日の土曜日、時間ある？」

「午後なら空いてますけど」

「だったら、一緒に車の試乗会につき合ってくれないか？　俺のお客さんが店長やってる店でさ。無下《むげ》に断れなくて。なっ、いいだろ」

「はい、僕でお役に立つなら。西上さんにはいつもお世話になってますから」

「よーし、決まった！」

西上拓磨と訪れたのは外車ディーラーだった。ショールームにはポルシェが並んでいた。

「ほらっ、乗ってみろよ」

「僕が、ですか？」

「そうだよ。俺はＢＭＷに買い替えたばっかりだからさ。海野君もそろそろ外車デビューする頃だろ。ま、いいから、いいから」

僕は強引に試乗させられると、西上拓磨の執拗なクロージング攻勢が始まった。

「成功者の必須アイテムだぜ、高級車は」「海野君なら、まだまだ稼げるから大丈夫だよ」

「ローン組んで、自分にプレッシャー掛けると、さらに営業成績も上がるぜ」「これは無駄遣いなんかじゃない。自己投資だよ」「な、頼む。俺のお客さんの店なんだよ。顔を立てて買ってくれないか」

僕はこの日、西上拓磨の強引さに押し切られ、ローン契約書にサインしてしまった。

彼の強い勧めがあったとはいえ、やはり高収入になったことで、僕自身の気が大きくなっていたことも否定できない。

それからというもの、何かに取り憑かれたように、金銭感覚が狂っていく自分をコントロールすることが出来なくなっていった。

翌週には、銀座の高級家具店へ。そのまた翌週には、六本木の高級オーダースーツ店へと、西上拓磨に連れ回された。そしてまた、ポルシェのときと同じように、僕は購入を断ることができなかった。

それらの帰りには、ミーティングと称し、銀座や六本木の高級ラウンジを何軒もハシゴして散財するというのが、いつの間にかお決まりのコースになってしまった。それらはすべて、僕のカードで支払った。西上拓磨には入社当初、ご馳走してもらうこともあったが、ここ最近は財布を出す素振りさえ見せない。

いくら豪遊しても楽しくはなかった。僕はそんなことをするために、この仕事を始めたわけではない。お客様への貢献、自分自身への貢献が目的だ。

欲望に惑わされてはいけない。誘惑に流されてはいけない。西上拓磨には悪いが、そろそろ彼との距離を置くことにしよう。西上拓磨からの誘いは断ることにしよう、と僕は考えていた。世話になった先輩への恩は、もう十分に返したはずだ。

2

西上拓磨と徐々に距離を置くようになってから二か月後のことだ。

「ええっ、解約ですか？　ちょ、ちょっと待ってください。成田《なりた》社長！」

「海野君、悪いなぁ。急に資金繰りが悪くなっちゃって。緊急事態なんだ。解約の書類は郵送してくれればいいから」

「そ、それは、こ、困ります。成田社長、お願いです。今から伺いますから、何とか考え直してもらえませんか？」

「いや、もう決めたことだ。大体だな、困ってるのはこっちなんだよ！　とにかく、すぐに手続きしてくれ」

「あっ、でも、しゃ、社長……」

「じゃ、頼んだよ」

プーップーッププーッ、電話を切られた。

「そ、そんな…」

超大型の事業保険契約が解約になった。今月は他のお客様からも解約の申し出が殺到していて、これで八件目の「短期消滅」だ。これはもう異常事態である。

契約してから一年以内の短期消滅契約というのは、そのペナルティーとして、すでに受け取っている歩合給を会社側へ返さなければならない。このままでは一千万円以上の戻《れい》入《にゅう》が発生することになる。来月の給与から相殺され、これからの数か月間は最低賃金しか支給されない計算だ。手取り金額は、わずか数万円にしかならない。

さらに、継続率の悪化による罰則として、向こう二年間はボーナスも出ないだろう。バラ色の日々は一気に暗転した。断崖絶壁に追い込まれ、人生最悪のデッドゾーンへと突入してしまったのだ。

不運は解約だけでない。新契約の売上もパタッと止まり、ことごとく断られ続けている。いやはや、もう何十連敗したのか数えきれないほどの大スランプに陥っている。

一体どうなってしまったのか。原因がさっぱりつかめなかった。


これは困ったことになったぞ……。

すでに収入アップを見込んでポルシェを購入してしまっている。新車だけでも二千八百万円もの出費だった。家中の家具や電化製品、そして高級なスーツや革靴に腕時計。それらはすべてローンだ。

いくら西上拓磨の誘惑があったとはいえ、やはり僕は有頂天になっていたのだろう。銀座や六本木の街で豪遊し、稼いだお金を湯水のように使ってしまうなんて、この窮地はその報いなのかもしれない。

どうしよう、絶体絶命のピンチだ。これが夢なら覚めてほしい。僕は思い切り頬っぺたをつねってみた。

「痛たっ！」

当たり前だ。これは逃げることのできない現実なのだ。

翌日、僕は会社を休んだ。以前までは羨望のまなざしだった同僚たちから、一転してさげすむような視線を浴びている。ちやほやと褒め讃えてくれた上司からは、もはや厭味と辛辣《しんらつ》な言葉しか聞くことができない。

そんな仲間の中でも、西上拓磨だけは「元気出せよ。俺で力になれることがあったら言ってくれ」と励ましてくれた。出費がかさんだことで、西上拓磨を責めることはできない。彼は僕のことを励まそうと思い、何かと世話を焼いてくれたのだ。

しかし、僕はもう、すっかり気力を失っていた。まるでやる気が出ない。鬱《うつ》状態だった。

とはいっても、幸恵との生活を守らねばならない。とりあえず車を売ろうと決めた。まだ新車だ。それなりの高値で買い取ってくれるだろう。

僕は昼近くまで寝坊をし、午後になってやっとベッドから這い出ることができた。外はうだるような暑さだった。僕は顔を歪め、ため息をついた。自宅マンションから徒歩三分の月極駐車場までゆっくりと歩く。真夏の太陽を遮る雲もなく、じりじりと降り注ぐ日の光が、肌を刺すように痛かった。まるでアスファルトが溶け出しそうなほどの猛暑だ。

僕はゆらゆらと揺れる蜃気楼《しんきろう》の中にいた。パーキング全体が歪んで見える。ここは幻の世界なのか。一体ここがどこなのかわからなくなるほどに、僕は目の前の情景を理解するのに時間を要した。何度も瞬きをした。両手でいくら瞼《まぶた》をこすっても目の前の景色は変わらなかった。

パーキングに停めてあるはずのポルシェがないのだ。

嘘だろ。信じられない。そんなはずはない。

昨晩、僕は今夜が最後のドライブになるだろうと覚悟して、湾岸道路まで車を走らせたのだ。深夜の二時頃、この場所に停めたはずだ。間違いない。

幸恵は運転免許を持っていないし、昨日からずっと今も部屋にいる。誰かが勝手に僕のポルシェを移動させることはあり得ない。キーは僕しか持ってないのだ。

これは「盗難」だ。それしか考えられない。もはやこの悲惨な現実を受け入れるしかなかった。

僕はへなへなとその場に崩れ落ちた。


「たっちゃん、私、しばらく実家に帰るわね」

「サ、サチ……」

愛想を尽かして家を出ようとする幸恵を、僕は止めることができなかった。大体、僕にはその資格もない。今まで内助の功で献身的に支えてくれた幸恵の期待を裏切ったのだから。

「サチ、ぼ、僕はどうしたら……」

「うーん、そうね、よく自分で考えてみたら？」

あっ、これもいつかどこかで聞いたような台詞《せりふ》だ。

そう、あれは独身時代。幸恵にフラれた僕がよりを戻そうと幸恵の部屋へ押しかけたとき、インターホン越しに突きつけられた言葉じゃないか。

「また、振り出しに戻ったのか」

僕はそれに気づくと、ガクッと肩を落とした。

3

まだ残暑の厳しい九月。僕はハートフルハピネス生命へ退職願を提出し、受理された。総額にして四千万円もの借金を背負ってしまった僕は、失意のまま、行く当てもなく、ふらふらと鎌倉へたどり着いた。なぜ由比ガ浜を選んだのか。自分でもわからなかった。

僕はもう死にたかった。

生きていても仕方がない。金も、職も、妻も、すべて失ったのだ。

砂浜にドスンと腰を下ろした。背中を丸め、額《ひたい》を載せた両膝を抱えたままの姿勢で、一体それから僕は何時間過ごしたのだろう。さまざまな想いが交錯する。酔いつぶれた僕がこの砂浜でパンツ一丁になり眠っていたのはいつのことだったか。

ここ数年来の僕は、不思議なメンターたちとの出会いによって大きく成長した、と自惚《うぬぼ》れていた。気づきを得て運気も上昇している、と安心していた。

ところがどうだ。このザマじゃないか。元《もと》の木阿弥《もくあみ》どころか、マイナス成長だ。デフレの人生に転落したのだ。今となっては後悔と反省しかない。大バカ者だ。

ふと顔を上げると、水平線に夕日が沈んでいく。このまま僕の人生も沈んでいくのか。

砂浜で子供たちのきゃっきゃっと遊ぶ声が聞こえてくる。平和な光景だ。

何が社会貢献だ。何が自分への貢献だ。僕一人がこの世にいなくたって、社会は成り立っていくじゃないか。

子供たちの大騒ぎはエスカレートしてきた。

「いえーい！」「やっほ〜！」「ストライーク！」

何やらやかましい。

おや？　おかしいな。聞こえてくるのは子供たちの声だけじゃないぞ。

「ううっ」「痛い」「やめろ」「あっち行け」

弱々しい老人の声が入り交じっていた。

よく見ると、小学生くらいの子供たち五人組に囲まれたホームレスが、頭を抱えて逃げ回っているではないか。石ころや貝殻、空き缶やサッカーボールなどを雨あられのようにぶつけられていた。

「やめてくれ〜」

今にもホームレスの老人は泣き出しそうだ。長く伸びた白い髭が砂だらけになっている。まるで、亀を助けた浦島太郎が玉手箱を開けて白髪の老人に化けた途端、いじめっ子たちからの報復に遭っている一場面のように思えた。笑えないおとぎ話のパロディだ。放っておこう。もう僕には関係ない。社会貢献への使命も終わったのだ。僕は首を振って固く目を閉じた。

しかし、子供たちのイジメはますますエスカレートしていくようだ。

「臭いぞ〜」「汚いゴミ野郎め〜」「クソじじい〜」

あまりにも汚い罵声が気になって目を開けると、今度はビール瓶や鉄パイプまで持ち出す子供が現れた。

「これはまずい！」

僕はついに立ち上がった。素速く駆け寄り、両手で二人の少年の首根っこをつかまえると砂浜へ放り投げた。

「クソガキども！　何やってんだ！」

僕は右足で思い切り砂を蹴り上げた。

「わあー」と気勢を上げながら、子供たち五人組は逃げていった。

「この貧乏神が〜！」

痛い捨て台詞を叫びながら逃げていった。なぜ、僕の貧乏がわかったのか。きっと、マイナスのオーラが出ているのかもしれない。

「まったく、最近のクソガキは……」

「おおきに。あんさん、どうもおおきに」

ホームレスの老人は関西弁でのお礼とともに、深く頭を下げた。

「ケガはないですか？」

「おかげさんで、助かったわ〜」

「いえいえ。では……」

僕はこの場から早く立ち去りたかった。

「ちょ、ちょっと待っておくんなはれ」

「はっ？」

「何かお礼をさせてもらえないやろか」

「別にお礼なんかいらないですよ」

そもそもホームレスの身分で、お礼なんかできるのだろうか。東京人が使うようなわざとらしい関西弁も怪しい。ホントにこのじいさんは関西人なのか。

「わしは、こういうもんでおます」

真っ黒に薄汚れたシャツの胸ポケットから一枚の名刺を差し出すと、そこには「宮城《みやぎ》龍之介《りゅうのすけ》」と記されてあった。僕は指先で名刺の端っこをつまむようにして受け取った。

宮城龍之介？　どっかで聞いたことがある名だな。名刺には〔毘沙門《びしゃもん》ホールディングス代表取締役会長　宮城龍之介〕とある。

ええっ、もしかして、関西財界伝説の大立者《おおだてもの》、宮城龍之介のことなのか。

「ホントにこれ、あんたの名刺なの？　どっかで拾ったんじゃないの？」

「いや、あんさんが信じられんのも無理おまへん」

急に老人の背筋が伸びたかと思うと、何かが憑りついたかのようにキリッとした顔つきに変わった。

「正確には去年までの名刺や。今年からグループの名誉会長に退いたんや」

ああ、確かニュースで見たぞ。退職慰労金を八十八億円もらったとかって言ってたな。グループの創業者であり元ＣＥＯだ。それが本当なら、なぜこんなところでホームレスみたいな真似をしているんだ。

「ほれっ」

免許証と社員証まで見せられた。

「ほ、本当だ」

僕は身分証と実物の写真を交互に見比べた。汚い髭と垢にまみれた肌を除けば、本人に間違いないようだ。

「いや〜、それはそれは大変失礼しました」

「ええんや、ええんや。この身分証は黄門様の印籠《いんろう》みたいなもんや。ふぁっふぁっふぁっ」

水戸黄門を意識した笑い方は、まるで似ていなかった。

「で、なんでまた、宮城会長様が、こんな恰好で？」

「まあ、あれやな。バックパッカーや」

「はあ？」

「せっかく引退したことやし、この足で日本全国を旅してみたかったんや。世界中にもぎょーさん、ホテルや別荘とか資産があんねんけど、もう飽きてもうて、面白くないねん。南フランスにもでっかい別荘があるんやけど、退屈過ぎんねん」

今の僕には、羨まし過ぎる話だ。

「それとあれや。世直しの旅や。せやから、水戸黄門なんや」

その黄門様が、ガキんちょに虐《いじ》められてたら世話ないだろ。

「まあとにかくやな。あんさんは命の恩人やさかい、困ったことがあったら、いつでも訪ねてきたらええ。来週からしばらく恵比寿タワーホテルのスイートルームにおるから」

「恵比寿？」

「そうや。九か月ぶりにシャワー浴びて待ってるで！　もう旅は終《しま》いや。七十歳のじいさんにはきついで」

確かに、鼻が曲がるほどの悪臭が漂っている。

それにしても、また恵比寿のタワーホテルとは……。

「あっ、そうや。あんさんに言っとく！　どうせ人間いつかは死ぬんやで。死に急ぐなんて、どアホのすることや」

宮城龍之介は皺くちゃの顔でウインクすると、親指を立てて、笑いながら夕闇に消えていった。あれ、これはどこかで見たあの……。

僕はお尻の砂を両手で掃《はら》うと、足早に鎌倉駅へと引き返した。


誰もいない中目黒のマンションへ帰った。

待っている人がいない生活が、これほどわびしいとは思わなかった。幸恵のいない部屋は、僕にとっては刑務所の「独房」に等しかった。

はあ〜。部屋中がため息で埋め尽くされていくようだ。

むむっ？　あれっ？　部屋が片づいている。洗い物も。あっ、洗濯物が干してある。幸恵が帰って来たんだ。

いや、でもそれが、一時《いっとき》のぬか喜びだったことに気づくまでに時間は掛からなかった。ベッドルームへ書き置きが残されていた。

〔課題が解決したら迎えに来てね〕

書き置きを何度も読み返すと、僕はバルコニーに出た。デッキチェアーに座ると、頬をなでるように生暖かい風が吹いた。僕は星の出ていない空を見上げた。

いくら考えても答えは見つからない。でも不思議と「絶望感」は消え失せていた。

こうなったら由比ガ浜の海に飛び込んだつもりになり、藁《わら》にもすがってみよう。

4

翌週、僕は恵比寿タワーホテルのロビーにいた。

さて、どうしたものかと、あたりをきょろきょろと見回した瞬間、ホテルマンに声を掛けられた。

「海野様！　海野様ですね。お待ちしておりました」

いつの間にか、制服を着たホテルマンが、僕のすぐそばで深々とおじぎをしていた。

顔を上げた彼の笑顔を見て、僕は大きな声をあげてしまった。絶叫した、と言ってもよかった。

「朝井さん!!」

「どうも。お久しぶりでございます。海野さん、声のトーンはお静かに願います」

「どうしてそんな恰好して、ここにいるんです? コンサルティング会社はどうしたんですか?」

「実は、あれからずっと、このホテルの部屋に住んでおりまして。すっかり気に入ってしまったもので、今はここに住み込みで働いています」

「住み込みって……そんなのありなんですか?」

「はあ、何かおかしいでしょうか。改めまして、どうぞよろしくお願いします」

差し出された名刺には〔チーフコンシェルジュ　朝井昇〕と記されていた。

いきなりチーフコンシェルジュとは凄い。しかも、襟章には、国際的に名高いコンシェルジュ組織「レ・クレドール・インターナショナル」の象徴である〝ゴールデンキー〟のピンが光っていた。ピンが鍵の形をしているのは「旅行者のために、どんなドアも開けて差し上げましょう」というレ・クレドール・コンシェルジュのシンボルだと聞いたことがある。一体、朝井昇って何者なんだ。

「海野さん、ご結婚されたそうですね。あのときの福山幸恵さんと……。それはそれはコングラッチュレーションズ！　おめでとうございます」

今は別居中だが……。僕は複雑な心境でお礼を言った。

「ありがとうございます。これもすべて朝井さんのおかげですよ。僕たちの『幸福のドア』も開けてもらえたようで。さすが『ゴールデンキー』ですね」

「とんでもございません。お二人の運命的な固い結びつきがあったからこそ、ではないでしょうか」

幸恵は今、どんな思いでいるのだろう。また切ない思いが込み上げてきた。

「では海野さん。さっ、どうぞこちらへ。ご案内します」

「って、どこへ？」

「どこへも何も。もちろん、宮城龍之介様のスイートルームへ、ですよ」

「えっ、何でそれを」

「さあさあ、お待ちかねですよ」

僕は朝井昇チーフコンシェルジュに案内され、宮城龍之介との再会を果たすことになった。専用エレベーターは完全なるプライベート空間で、エグゼクティブ・スイートまでは直通になっている。

宮城龍之介は、部屋の入口ドアを開けて出迎えてくれた。エントランスホールと呼ぶにふさわしいこの無駄に広い空間だけでも、僕の中目黒の部屋全体より大きい。さすが高級ホテルのスイートだ。

何よりも、ホームレスの風貌とは打って変わってさっぱりと髭を剃り、髪を切り整え、最高級スーツを着こなす宮城龍之介の姿は、まさに立派な財界人だった。見違えるとはこのことだろう。僕は一気に緊張した。

「いや～、よう来てくれはったなぁ」

「ほ、本日は、突然、押し掛けまして。申し訳ありません」

「なーに、今日あたり来るんやないかって、準備しとったところや」

このじいさんは超能力者か何かなのか。朝井昇といい、玉三郎マスターといい、金元夫妻といい、近年は不思議な人たちと出会うことが増えた。彼らの「神通力」に戸惑うこともあるが、彼らの〝教え〟によって僕が成長してきたのも事実である。

今日もまた〝何か〟に期待している自分がいた。

「ま、そんなところに立っとらんで、こっちへ座ったらよろしいがな」

「は、はい。では遠慮なく」

それにしても、なんだ、このだだっ広いスイートルームは。セレブリティ溢れるゴージヤスなインテリアだけじゃない。壁一面が水槽に囲まれ、タイやヒラメが泳いでいる。これはまるで……。そう、「竜宮城」じゃないか。

「驚いてるようやな。ええ部屋やろ?」

「はい。何もかもが驚きです」

「ルームサービスも頼んであるよって。シーフードピザとか。あれ、わしの大好物なんや。結構、庶民的やろ。あんさんも、ぎょーさん食って飲んで帰ってや」

「あっ、ありがとうございます」

「ふかひれスープ好きか?　アワビの踊り焼きも旨いで。七輪で焼くと最高や。アワビは『海の黒ダイヤ』って呼ばれてんねんで」

「海の幸は大好きですけど……」

心の中で「海野幸恵も……」と呟いた。

「すいません。どうかおかまいなく」

「まあ、そう固くならんと。あんさんの名は、確か海野はんやったかいな?　海野はんはわしの命の恩人やさかいな」

「それは大袈裟ですよ」

「いや、恩返しはちゃんとせんと、人間失格、鶴以下、亀以下になってまうがな」

「恐縮です」

僕は甲羅に顔を引っ込める亀のように縮こまっていた。

「そうや、実はな、海野はんとは、海で会ったんが初めてやないねん」

「と、おっしゃいますと」

「ほんまのこと言うと、十年以上前に何回もお世話になってるんやで」

「そんな前に……ですか？」

「覚えてへんか？　わしの顔。さすがに何百人も相手にしてると、無理ないわな」

顔に見覚えはなかったが、十年以上前に、宮城龍之介ほどのＶＩＰをお世話できた機会なんて、心当たりは一つしかない。

「もしかして、羽田空港ですか？」

「そうや、ラウンジでよく靴磨きしてくれたやないか」

ああ、なんと。驚くことばかりだ。学生時代の僕は、ほぼ毎日のように羽田空港へアルバイトに通っていた。エグゼクティブ・ラウンジの靴磨きは、僕にとってさまざまなお金持ちとの出会いの場となった。その当時、ファーストクラスの常連さんは、よく僕を指名してくれたものだった。

「そうでしたか。それにしても、よく覚えていらっしゃいましたね」

「そりゃあ、覚えてるがな。海野はんだけは、いつも素手で磨いてくれはったさかいな。印象深いわ。素手に靴墨をつけて丁寧に丁寧に、いとおしそうに靴を抱きしめて磨いてたで。しかも楽しそうやった。目が輝いてたわ。わしはその姿に感動したんや」

僕も感動していた。そう思ってくれるお客様がいたのか。思い起こせば、僕は接客のおべんちゃらも忘れてひたすら靴を磨いていた。顔を見ずに足元ばかりを見続けてきた。宮城龍之介の顔を覚えていなかったのも無理はない。

「ほれ、これ、見てみい？」

宮城龍之介はソファにふんぞり返って、両足を僕のほうへ突き出した。またもやシルバノ・ランタッツイだった。

「この革靴。あの頃からずっと履いてんねんけど、えっらい長く持つもんやな。二百万円もする靴はええな、やっぱり」

靴のロールスロイス。僕はこの靴に憧れてきたのだ。

「あの頃、海野はんが一生懸命に手入れしてくれたおかげや。おおきに」

「こちらこそ、ありがとうございました。光栄です。その節は大変お世話になりました」

当時、空港で磨いた革靴は四年間で延べ何千足だ。僕が手塩に掛けて磨いた靴たちは、今もこうして、長きにわたり履かれ続けているのだろうか。多くの方たちの人生と共に歩んでくれているのなら、これほど嬉しいことはない。

「それとな。もう一つあんねん。海野はんが前におった食品メーカーなんやけど、あそこに亀田いう部下がおったやろ？　愚図でのろまな亀……」

「は、はい。よくご存じで」

「ご存じも何も、あれな、わしの孫やねん」

「えええええっ～」

「わしの長女の乙子いう娘の次男坊なんや」

「そ、そうだったんですか……」

「仕事が遅くて、迷惑ばっかり掛けてたようやけど、海野はんっていう上司に、いつもお世話になってるって、よう言うてたわ」

僕は汗が止まらなかった。こんな偶然があるのか。

「不思議な縁もあるもんやな～。ほんまに」

「本当にご縁を感じます」

「なあ、ほんまやで」

宮城龍之介は、うんうんと一人悦に入っていた。

僕はゴージャスなスイートルームをきょろきょろと見回していた。

「ところで、海野はん。今日はここに、何しに来たんや？」

「はあ？」

「はあ、やあらへん。何か目的があって来たんと違うんかい？」

「いや～、別にこれといって。まずはご挨拶と」

「アホか、あんさん。わしはな。困ったことがあったら来い、言うたんやで。悪いけど海野はんのご挨拶につき合《お》うてるほど、わしも暇やないんや」

「……」

「何で黙ってんのや。アホやな！」

段々と、宮城龍之介の口調が荒くなってきた。雲行きが怪しくなってきたぞ。まずい空気だ。

「あの～、実は資金繰りがちょっと……」

「なんや、金かいな。で、借金はいくらや」

「それがその～」

「だから！　いくら足りてへんのかって聞いてんのや！」

「は、はい！　よ、四千万円です！」

　僕は思わずリアルな金額を口にしてしまった自分を恥じた。いくら何でも、いきなり四千万と言われたら相手が困るだけだ。謝るしかない。

「す、すいません……」

「びっくりしたわ〜」

　宮城龍之介は、目を丸くして固まっている。やっぱりそうだよな。

「なんや、たったそれだけかいな」

　僕はずっこけそうになった。

「たった四千万で悩んではんの？　ほんまにアホの極みやな」

　それゃあ、金持ちのあんたにとっては、はした金かもしれないけど、小市民にとっては大金なんだよ。

「よっしゃ、わかった。小切手でええか？」

　ま、まさか。こんなことって。

「ま、ええから、ええから」

　パンパンと宮城龍之介が手を叩くと、奥の部屋から朝井昇が小切手を持って出てきた。手際が良過ぎる。

「どうぞ。こちらをお納めください」

あんたは秘書も兼任しているのか。

僕は朝井から渡された小切手を、図々しくも受け取ってしまった。いいのだろうか。手の震えが止まらない。そして、何よりも僕はその金額を見て驚いた。

「ええっ、これって。金額が……」

「そう、五千万円や！　余った金で起業すればええやろ。細々と何かを始めてみい」

「いや、いくらなんでも、こんな大金……。ここまで宮城会長に甘えてしまうわけには」

「その代わり、条件が三つある」

「条件ですか？」

「そうや。ま、その前に一杯飲もうやないか」

パンパンと、再び宮城龍之介が手を叩くと、タイやヒラメの被り物を頭に載せたチャイナドレスの女性二人が、大きな甕《かめ》に入った紹興酒《しょうこうしゅ》を運んできた。

「本場中国の紹興市から取り寄せた二十年物やで。最高級品や。ほれっほれっ、遠慮なく飲みなはれ。常温で味わうのが最高やで」

もはや断れるはずもなかった。僕はグラスにつがれた紹興酒を一気に飲み干した。

「ほおー、いい飲みっぷりや。ほれっ、もっとぐぐいーといったれ！」

「ありがとうございます」

早くも酔いが回ってきた。この摩訶不思議な感覚というのは、あのときのバーで飲んだハイボール、あのときの病院の待合コーナーで飲んだ紅茶、あのときのバルコニーで飲んだ赤ワイン、それらの酩酊感と似ていた。


「ほな、条件の一つ目や」

「はい……」

「五千万はすぐに返すことは考えんでええ」

「えっ？」

「この金は長期投資や。海野はんへの。だからすぐに返済するは必要なしやで。利子もいらんし、借用書もいらん。わしのアンダーグランド・ポケットマネーやさかい」

「いや、そんなわけには……」

「いわゆる、出世払いってやつやな」

「で、でも……」

「なんちゅうか、あんさんに懸けてみたくなったんや。どこまで出世するんやろか、と。五千万がはした金になるほど大成功するんかどうか。勝負なんや。もし、その前にわしが死んだときは、お墓にシーフードピザでもお供えしてんか。ふぁっふぁっふぁっ」

「いや〜、でもやっぱり…」

「条件、飲めんのやったら、小切手返してもらうで」

「あっ、いや、決してそういうわけでは……」

こんなにラッキーな話はない。まさに天の恵みだ。遠慮している場合じゃない。今は甘えるしかないのだ。

宮城龍之介は、紹興酒を水のようにぐいぐいと飲み干しながら続けた。

「で、二つ目の条件やが……。また靴磨きから始めてほしいんや。道端からでええ。まずはそこから再スタートするんや！」

「靴磨きですか？」

「いちいち聞き返すんやない！　いやなら、その……」

「はい、わかりました！　原点に戻ってやり直します」

「原点？　そうや、ええこと言うやないか」

自分でも、咄嗟の割には「原点に戻る」という発想は悪くないと思った。

うん、やり直しだ。

「一生それをやれとは言わん。でも、きっとそこから見えてくるもんがあるはずや」

僕自身もそんな気がしていた。

何よりも、もう一度、靴を磨けることにワクワクしていた。すっかり忘れかけていたが、僕は靴磨きが好きなのだ。

「あとでわしの靴、磨いてな。頼むわ」

「はい。あの、それが三つ目の条件ですか?」

「アホか! そんな甘くないわ」

「ですよね」

調子に乗り過ぎた。頭をポリポリかく僕に向かって、宮城龍之介は人差し指をドーンと突き出した。

「それは、リミットや」

「えっ」

宮城龍之介はもう一度手を叩いた。パンパン!

別室からまたもや朝井昇の登場だ。今度は小箱を抱えている。それをそっと僕の前に置いた。

「どうぞ、ふたを開けて中をお確かめくださいませ」

なんだろう? これは。江戸時代の化粧箱のような漆《うるし》で塗られた黒い木箱だ。帯締めのような紐が結んである。どっかで見たことのあるような箱だ。

あっ、これは……。もしかして……「玉手箱」じゃないか！

まさかとは思うが、箱を開けるともくもくと白い煙が立ち込めてきて、僕は白髪の老人に……。いやいや、そんなバカな。おとぎ話のようなことが起こるわけないじゃないか。

でも、待てよ。タイやヒラメが踊っているこの竜宮城のようなシチュエーションを考えると……。やはり不安がよぎる。

「どうしたんや？　海野はん」

「あの～、リミットって、どういうことでしょうか？」

「時間や」

「時間……ですか？」

「そうや。この部屋の時間は、ゆっくりゆっくり流れてる感じがするやろ。酒飲んで旨いもん食って、さっきの若いおなご、隣に呼んでやってもええで」

「いえいえ、そんな」

「そうか、残念やな。要するに、そんなことしているうちに、外の世界はどんどん時間が流れていくっちゅうこっちゃ。わかるやろ？」

「はい……。それはもう、楽しませてもらってます」

「その物凄いスピードで流れている外の時間が、その箱の中にあるんや」

ということは、これはやっぱり玉手箱なのか？　開けたらじいさんになってしまうのか？　しかし、このまま開けなかったら五千万円はパーだ。

「どうするんや。開けるんか、開けへんのか」

僕は覚悟を決めた。

恐る恐る紐をほどき、思い切って玉手箱のふたを持ち上げた。

すると、もくもくと白い煙が立ち昇ってくるではないか。

嘘だろう⁉

「うわ〜」

僕は悲鳴を上げながら床に転げ落ちた。

「海野さん、しっかりしてください！」

朝井昇が駆け寄り、手鏡を見せてくれた。そこには皺も白髪もない、変わらぬ姿の僕自身が映っていた。

「安心せい。その煙はドライアイスや」

なんと紛《まぎ》らわしいことを……。ドッキリ番組じゃあるまいし。

「どうや。わしの演出は？　突然、年寄りになったらイヤかいな？　その気持ち、忘れたらあかんで。そやったら、今この瞬間を無駄にしたらあかんやろ。日々の時間を無駄にしたらあかんのや！　箱の中をよく見てみい！」

そこには一枚の紙切れがあるだけだった。白紙だった。

「それは『期限の札』や」

「はっ？」

「海野はんが叶えたいターゲットに『期限の札』はぶら下がっているかどうか、ちゅうことや。どうやねん、普段のあんさんは？」

「そうですねぇ、一応、仕事上では、ちゃんと目標とその期限は明確に設定しているつもりですが……」

「このアホンダラが！　わしが言いたいのは、そんな目先のことやない。ええか、あんさんの人生に欠けてるのは計画性なんやで！」

確かに僕の人生に、計画性の欠如は明白だ。日々、人や環境に流されてる。

「はい、おっしゃる通りです」

「欲望を叶えることと『自分への貢献』が、ごっちゃになっとる……。それが今までの海野はんやろ？」

「そうなんです。でも、今では反省しています。自業自得なんです。今の僕は」

「見栄や欲望のままに生きていれば、そのときは快楽を享受でけるかもしれへんけど、結局は自分のためにならん。破滅の道をまっしぐらや。そう金元礼二から教わったんちゃうんか？」

「ええっ、金元さんもご存じなんですか？」

「そうや、インドの事業に出資したんはわしやで」

「そ、そうだったんですか！」

もう何がなんだか、相関図が混乱してわからなくなってきた。

「ま、それはええとしてやな。人生の目的、その一つ一つにリミットを設けること。それが三つ目の条件や」

「それが条件ですか。いや、でも……」

「デモもゲバもあらへん！　ほんまに、ほんまに心から、あんさんがやりたいと思うことがあるはずやろ？」

僕は少し考えたが、首を捻らざるを得なかった。

「う～ん、まだよくわかりません」

「ほな、今はそれでもかまへん。でもやな、それを必ず見つけることや。もうすでにあんさんは、それに気づいてるはずやねんけど。まあええ。そいつらにやな、『期限の札』をきちっとぶら下げてほしいんや」

「はい……」と曖昧に頷く。具体的なイメージが浮かんでこなかった。

「今一つ、ピンときてへんようやな」

「いいえ、そんなこともないんですけど」

「ええか。世の中にはな、『いつか叶ったらええねんけど』という、あやふやな期限の中で『叶わぬ思い』に浸っている輩《やから》が、ぎょーさんおるっちゅうこっちゃ。叶わんからこそ、夢を見続けることができるわけやな。そんな『不憫《ふびん》な自分』に酔いしれている連中がおることは残念でならん」

僕もその一人なのか。「その他大勢の中の一人」なんて、僕が最も嫌いな言葉だ。

「そいつらはな、そのまま夢見心地に酔いしれて生きていきたいわけや。情けないことやで。○か×かの結果に向かうより、先延ばし先延ばしにして生きていくほうが、不幸好きな人にとっては都合がええんやろな」

「そうなのかもしれません」

「いや、絶対そうやで。期限さえ設けなければ、めっちゃ努力して追い込む必要もないやろ。のんびりとマイペースを貫くことができるちゅうわけや」

「確かに、期限がないほうが都合いいですよね。ついついダラダラしてしまいがちです。

何事も」

「その夢や目標がやで。努力不足によって達成できんのやなく、まだ『そのとき』がやってこないだけや言うて、自分を慰めてんのや」

「ずるいですね。僕たちは」

「そうや。何が悲劇のヒーロー、ヒロインや。笑わせるで、ほんま。それで自分の不運を売りにしてるんやから腹立つわ！　ケツの穴から手を突っ込んで、奥歯ガタガタ言わしたくなる神様は、ぎょーさんおると思うで」

「こっ、恐いですね」

「刹那《せつな》的な生き方をしている奴らにとっては『期限の札』なんちゅうものは、目に見えないように開かずの金庫にしまっておくか、シュレッダーにかけて粉々に葬り去ってしまいたい代物なんや。罰当たりな習性にもほどがあるで。こんなんやったら、運が味方してくれるはずもないやろ」

無計画な僕に向かって言われているようで、胸が痛かった。

「しっかり人生の計画を立てた上で、できあがった『期限のお札』は、神社仏閣からいただいたお札と同じように、神棚や仏壇に奉らなあかん大切なお札や」

そんなふうに考えたこともなかった。

「そしたらやで、『リミットの神様』が、あんさんを応援してくれまんがな」

「なるほど、『リミットの神様』ですか……」

「そうや、たとえそのときは達成できなかったとしてもやな、その期限がやってきたら、神社仏閣の納札所に納めるんや。破魔矢《はまや》やお守り袋と一緒に、焚《た》き上げてもらうくらいのことはしてほしいわな。わしが神様だったら、そう思うで。とにかく『期限のお札』に対して敬意を払い、しっかり意識してほしいんや」

「はい、わかりました。必ずそうします」

「ただ、わしは何も、神頼みに終始しろというつもりはないで。運に味方してもらえるよう、ターゲットに向かって時間の許す限り、行動し続けてほしいのは当然やな」

やはり、アクションなのか。

「人間には必ず『お墓に入る日』が訪れるわな。それやのに、海野はんはまるで、自分だけは永遠に生き続けるかのような錯覚の中で生きてるやろ？」

「まあ、永遠にとまでは考えてませんが、そうですね。明日、死ぬとは思っていないかも」

「人生のお札に書かれている期限が、『死ぬときまで』であるとするならやで。あんさんは、そのときまでに成し遂げておきたい願望があるはずや。欲望やないで。心からの願望や。でもやな、いつ『その期限』がやってくるかは、神様しかわからん。いや、実はわしもようわからんのやけど……」

なぜか、宮城龍之介は申し訳なさそうに頭をかいている。

「そうや、それは明日かもしれへんのや。『期限は明日』であることを覚悟しい！　今日という日を精いっぱい、後悔のないように生き切ることや。それがターゲットを引き寄せる生き方なんやで。六本木で豪遊してる暇なんて、あんさんにはあらへんのや」

僕は大切なことを忘れていた。その思いがあれば、生命保険の営業だって、もっと長く続けられたのかもしれない。

「自分の人生に期限が迫っていることを意識せえ！　明日の死と真摯《しんし》に向き合い始めるとやな、自分らしい生き方が見えてくるもんやで。『そのうち、いつか』と後回しにしていたあんさんが、『こうしてはいられない』とパワーを発揮し始めるわけや。するとやな、そのパワーには見えない何かが宿るって寸法なんや」

見えないパワーか。言われてみれば、順調にことが運んでいるときは、不思議なパワーを感じることがある。

まるで神様に後押しされているような……。自分の力でない、何かが……。

『期限のお札』に書かれている日付までに実現できるよう、どんどんパワーアップしていくから不思議や。あんさんを後押ししてくれる運気が押し寄せるんやで」

「なるほど！」

「『リミットの神様』に、ちゃんと期限をお知らせするんや！　ええな！」

　僕は大きく頷いていた。

「どうしても叶えたい海野はんの願望を明確にして、死ぬ気でやってみなはれ」

「はい。死ぬ気で頑張ります」

「そうや、その意気や。でも、死んだらあかん！」

「はい、もう逃げません。明日の死を意識して、後悔しないように一日一日を生き切ります」

「今こうして生かされてるってことは、特別なことなんやで。当たり前やない」

「はい！　生かされていることに感謝して、この命を使い切ります」

「せやな。よう言うた！　そんなあんさんなら、『リミットの神様』は味方してくれるで」

「目が覚めました。今度こそ」

「繰り返すようやけど、『自分への貢献』とは、刹那的に生きるってことでも自己中心的に生きるってことでもないで。それは自分のためにならん」

「はい、本当の幸せに向かって、自分自身へ貢献します」

「よっしゃ。これが最後の忠告や。また簡単に五千万円も借りられると思ったら大間違いやで！」

僕は泣いていた。溢れる涙が止まらなかった。

「今度、欲望に負けたら、そんときは由比ガ浜の海に飛び込むしかないわな。ふぁっふぁっふぁっ」

僕も黄門様につられて泣き笑いになった。

窓の外に見える空は、まるでオーシャンブルーのように碧《あお》く、海亀の形をした大きな入道雲が、風に吹かれて泳いでいた。

ストーリー❻
アベンジの神様

1

幸運の女神が、歯茎を剝き出して笑っている。満面の営業スマイルで「よろしくお願いしまーす！」と、僕にポケットティッシュを手渡してくれた。そう、彼女は「ドリームゴッド宝くじ」のキャンペーンガールだ。「幸運の女神」と書かれた大きなたすきを掛けて、「幸運の女神キャップ」を被り、「幸運の女神Tシャツ」を着ている。

〝金運〟を呼ぶ風水を意識しているのか、全身、真っ黄色なコスチュームだ。

現実に、ここ品川駅南口チャンスセンターの宝くじ売場には〝幸運の女神〟が微笑むらしく、すでに千人以上の億万長者が誕生している。その内、八百人以上の当せん者を出している奇跡の「8番窓口」は話題沸騰、発売のたびに長蛇の列ができる。二時間待ちは当たり前。多くの人々が「夢」を求め、このパワースポットに集まってくるのだ。「宝くじ売場のディズニーランド」とも呼ばれる所以《ゆえん》である。

僕は、その売場から十メートルほど離れたコンコースの角に、畳三畳ほどの空きスペースを見つけた。「よし、この場所で『靴磨き』を始めよう」と決めた。ここなら屋根もあるし、雨の日でも働くことができる。それに、近隣に立ち並ぶ高層オフィスビル群と品川駅の間を、大勢のビジネスマンが民族大移動のごとく行きかう立地条件は、靴磨きにとっては申し分のない場所だ。

「ここしかない」と直観した。だが、勝手に使用するわけにはいかない。どこに許可を求めればいいのか。調べてみて驚いた。僕が目をつけたこの一帯は、偶然にも宮城龍之介の毘沙門ホールディングスが所有する敷地だった。

結果、スムーズにこのスペースを確保することができたのも、おそらく宮城龍之介のおかげに違いない。使用料の負担もなしでいいというのだから「僕はツイてる！　宮城龍之介との出会いは宝くじに当たったようなものだな」と、つくづく思った。

砂浜で助けたホームレスにもらった〝玉手箱〟が、まさかまさか、僕の人生をここまで劇的に変えることになるとは……。

幸運の女神にもらった宝くじティッシュには、「あなたも億万長者になれる資格がある！」というキャッチコピーのチラシが差しこまれている。僕はそれを眺めながら、金元礼二がインドに旅立つ前、僕に伝えてくれた「教え」を回想していた。

うっかり忘れかけていたのだが、こんな言葉も授かっていたのだ。

「海野さんは信じてくれないかもしれないけど、お金は所有主を選ぶんですよ。わかりますかね？　メガバンクで営業している友人とね、よく酒を飲みながら話すんですよ。彼らの銀行だけが扱える特有の顧客といえば、ＣＭでも有名な『ドリームゴッド宝くじ』の当せん者なわけなんですが、当然、営業担当者は、その当せん金を銀行に預けてもらうために、預金、債券、保険、投信などの金融商品を提案することになりますよね。そのとき、たとえば『五億円』という破格の大金が天から降ってわいたお客様というのは、一体どのように人格が変貌していくと思いますか？」

それまでの僕のイメージでは、当せん者は突然の幸運に狂喜乱舞しパニックに陥る、というものだった。大混乱から冷静さを失って、とんでもない不幸に巻き込まれ、破滅していく、という噂をときどき耳にしたからだ。

ところが真実は、意外にも正反対の答えだった。

「海野さん、実はね、当せん者は皆そろって人格者だというんですよ。謙虚で、親切で、善良で、堅実で、ポジティブで、決して偉ぶらず、常に落ち着き払い、至って紳士淑女なんだと。大金を手にすることのできる人には、そんな共通点があったんですね」

そして、金元礼二はこんなことも言っていた。

「マネーの神様というのは、律儀にも海野さんにとって、必要な額だけのお金を貢《みつ》いでくれます。海野さんが真っ当に生きるために、必要な額だけが天から舞い降りてきて、『人生の銀行口座』へどんどん振り込まれるわけです。でもね、天からの恵みには、プラスの概念もマイナスの概念もないんですよ。すべては『海野さんのため』ですから、道を踏み外せば一瞬で儲けなど吹き飛びます。気づきを与えるため、と考えてもいいでしょうね。だから仮に、仮にですよ、借金だらけになった海野さんがお金に困り、マネーの神様に返済を懇願したとしても、それが海野さんにとって、本当に必要な金額であると判断されなければ、天からの融資は決済されません。海野さんが懸命に働いて返す努力に対しては『幸運の後押し』をしてくれるかもしれないけど、金銭感覚をコントロールできないうちは、天は海野さんに恵みを与えてくれないんです！　海野さん、これからは、マネーの神様に認めてもらえるような人格者を目指してくださいね。幸せなお金持ちになりたいと願うなら、計画的に稼げる人間になるしかありませんよ。一つ一つの目標・計画にはちゃんと期限を決めること。マネーの神様とリミットの神様は、盟友なんですからね」

あのときの礼二のアドバイスを、僕は上っ面だけの理屈でわかったつもりになっていたが、本当の意味は理解できていなかったのだ。

今になってやっと、あの言葉の意味が腹に落ちた。

そしてさらに、はっきりとわかったことがある。本当に僕は何をやりたかったのか。明日死んでも悔いのない生き方。それは「靴磨き＝シューシャイナー」への道だ。靴を磨いているときの自分が一番好きだったのだ。

一体どこで道を誤ったのだろうか。僕はどこかで人の評価を気にしていた。カッコ悪い、汚い、みっともない、と思われたくなかった。単なる見栄だ。

大きな会社に就職すれば、世間体はいいだろう。安定もしている。食品メーカーなら潰れる心配もないだろうから、食いっぱぐれもない。生保営業に転職した動機も、社会貢献だと言いながらも、実際の主たる目的は金儲けだった。そこには、無条件に「楽しい」とか、確固たる「理念」というものが欠如していたことは否めない。

僕は大好きな靴磨きで、この業界を変革してみせる。靴磨きに従事するエキスパート「シューシャイナー」のステータスを、もっともっと上げなければならない。多くの人々に喜ばれ、感動を与えるような靴磨きビジネスを実現するのだ。働くシューシャイナーたちとその家族が経済的にも精神的にも豊かになり、周囲に自慢できる会社組織にまで発展させてみせる。そして、日本のビジネスマンが足元から豊かになれるよう応援するのだ。

それにはまず、道端からでもいい。目の前の一足から始めなくてはならない。

靴磨きスペースの前方に、僕は小さな看板を立て掛けた。そこには〈幸運の靴磨き！あなたの人生を足元からピカピカに磨きます！〉というキャッチコピーを掲げた。〈1足15分　ワンコイン500円〉である。初めの一年は儲けなくてもいい。良心的な価格設定で、一人でも多くのビジネスマンに喜んでもらおうと決めた。

だからといって、もちろんクオリティは落とさない。僕自身の素手を使い、丁寧に磨き上げるのが〝売り〟だ。

そして、大事なことを忘れてはならない。靴磨きビジネスをスタートさせるにあたり、「期限の札」を掲げることだ。夢を語っているだけでは絵空事で終わってしまう。目標という目標に期限を書き込んで「お札」を作った。しかしながら我が家には、神棚も仏壇もない。そこで僕は、トイレの壁や天井にべたべたと「期限の札」を貼りつけた。

「トイレには神様がいる」と聞いたことがある。リミットの神様にも、思いが届くと信じよう。

また、それらが魔除《まよ》けの札のようにも感じた。うん、これなら貧乏神も悪魔も入ってこられまい。

「顧客数」「リピーター数」「店を持つ」「店舗数を増やす」「会社組織にする」「売上」「利益」「社員数」「事業展開」「年収」「寄付の額」など、あらゆる指標に期限つきの目標数値を入れた。

僕は毎朝快食快便だ。寝起きの早朝、必ず決まった時刻に用を足す。一日のスタートは可視化されたこの空間からスタートできるだろう。

さあ、いよいよ新しい人生の幕開けだ。

2

シューシャイナー・デビューの朝。雨上がりの空に「虹色の雲」が浮かんでいた。雲の水蒸気に太陽光が反射して、七色に輝く現象を「彩雲」と呼ぶのだとテレビで見たことがあったが、肉眼でこれほど色鮮やかな「彩雲」を拝むのは生まれて初めてだった。

あまりの美しさに感動した僕は、しばらくその場から動けなかった。

——希望を胸に抱きスタートを切った意気込みも虚しく、初日の朝の成果は僕の期待を裏切った。通勤時間に立ち止まる人は誰もいない。足早に通り過ぎるビジネスマンたちは、僕の存在を無視するかのように、靴磨きの看板に顔を向けることもなかった。

僕は、まだ汚れていない手のひらをまじまじと見つめていた……そのときだった。

「女性の靴も磨いてくれるのかしら？」

やった！　第一号のお客様だ。もちろん、女性客も大歓迎である。

黒いハイヒールと、虹色のステッカーが貼られた白いキャリーバッグが目に入った。

「はい、いらっしゃ……」

「おはよう！」

「えっ！」

「ふふっ」

かぐや姫が僕の目の前で微笑んでいた。

「め、めぐみさん！」

「お久しぶり！　海野さん、頑張ってるわね」

竹下めぐみ、いや、金元めぐみだった。彼女の美貌はまた一段と増していた。眩し過ぎる。もはやこの世の者ではなかった。

「いつ、インドから日本へ？」

「今朝よ。虹色の雲に乗ってね」

「えっ、雲に！」

「そう、クラウド号って言うの。真っ白なボディに、レインボウカラーのマークがカッコいいのよ。礼二さんの自家用ジェットなんだけど。さっき羽田に着いたとこ。とりあえず一時帰国ね」

「相変わらず凄いスケールですね。でも、何でここが？」

「宮城会長からよ。そう、礼二さん経由でね」

「ああ、なるほど」

「海野さん、なかなか様になってるじゃない。よっ！　シューシャイナー！　靴磨き職人ってなんだか素敵よ」

僕は照れ笑いを浮かべ、履き替え用のスリッパを差し出した。彼女は折りたたみ椅子へ斜めに座るとハイヒールを脱いだ。そのしぐさだけで物凄いフェロモンが漂ってくる。

「さあ、しっかり磨いてね、私の人生も！　ふふふっ、これで運が向いてくるかしら」

もうあんたは、十分にこの世の幸福を満喫しているじゃないか。

めぐみは真剣な顔つきで、靴を磨く僕の指先を凝視していた。クリームを馴染ませたら、仕上げはワックスだ。

「はい、お待たせしました」

「あーら、綺麗になったわね〜、新品みたい」

「ありがとうございます」

「こちらこそ、ありがとう。この腕前なら大繁盛間違いなし。たくさんの人たちを喜ばせてあげてね。多くのビジネスパーソンの足元から運気が上がっていくなら、日本の経済成長にも貢献することになるわね」

なるほど。それもまた真理だ。僕の知っている限り、靴がピカピカに光っている人は、たいてい仕事がデキる。とするならば、もしかすると、仕事のデキる人の靴が磨かれているのではなく、靴が磨かれているから仕事運が上昇していく、という法則があるのかもしれない。

めぐみからまた〝金言〟を授かった。

「私もいろいろな人たちへ宣伝しておくわね。じゃ、また」

めぐみが立ち去った後も、髪が揺れたときに鼻をくすぐるあの〝いい香り〟が、しばらく漂っていた。その香りが「幸運」を引き寄せたのか、その後は何人ものお客様が途絶えることなく続いた。

午後になり客足も落ち着いた頃、僕は遅めのランチでも摂ろうかと席を立った。その瞬間、見覚えのある初老の男が、すうーっと目の前に立ちはだかった。

「海野君じゃないか？　そうだ、海野君だよね。ハートフルハピネス生命の！」

「な、成田社長！」

「どうして？　こんなところで、靴磨きを？」

「僕はやはり、こっちのほうが向いているみたいで」

「そうか。そうだったのか。いやー、あのときは悪かったね。保険、解約しちゃって」

「いいえ、それは仕方ありませんよ」

「まあねぇ……でも今のあなたを見ちゃうと……」

「やめてくださいよ。これでも夢を持って始めたんですから」

成田社長は、バツが悪そうに頭をかきむしりながら話し始めた。

「いえね、実はあのとき、ほら、海野君と時々さ、同行してきた会社の先輩がいたよね。あの彼がね、突然うちの顧問税理士と一緒にやってきて、いつの間に相談したんだか、おたくの保険をすぐ解約したほうがいいって。このままじゃ、決算で大問題になる可能性があるって言われて。そりゃあ、税理士と当の保険会社の人に脅かされたんじゃね、私も慌てちゃって。銀行や税務署から睨まれたくないしさ。君には悪いことしたかなと思ったけど、彼が海野君には黙っていたほうがいいって。そのほうが面倒がないからって、きつく口止めされてね」

そんなバカな！

僕は瞳孔が何倍にも大きく見開いていたのではないか、と思うくらいの衝撃を受けた。彼っていうのは西上拓磨のことか。まさか、西上さんに限ってそんなことするはずがない。そもそも、決算上の問題なんてあるはずがない。むしろメリットしかない契約だった。

「どうかしたの？　いや、黙ってたのはすまなかった。君にはいろいろとよくしてもらったのに……」

「いいえ、いいんです……もう」

「でも、あの後、新しく専任の担当になりましたって、その彼……、ああ西上君ね。その西上君がやってきたんで、保険には入り直したよ、ちゃんと役員全員で大きな契約に。それから社員四百人分の福利厚生プランもね。君はもう辞めちゃったっていうからさ」

「えっ！」

今度こそ、僕は開いた口がふさがらなかった。

「あっ、せっかくだから靴、磨いてもらおうかな」

「す、すいません。今日はもう店じまいなんです。ホントすいません。また来てくださ
い」

「そうかい。じゃ、またってことにするか」

僕は後片づけをして帰宅するまでの記憶がなかった。どこをどう歩いて帰ってきたのだろうか。それくらいショックだった。

僕は信じ切っていた西上拓磨に裏切られたのか。いや、誤解に違いない。あんなに親切だった先輩が僕をハメるはずがないじゃないか。何かの間違いだ。彼なりに僕をサポートし、僕のお客様をフォローしてくれようとしたに違いない。

僕はそう自分に言い聞かせ、気持ちを落ち着かせようとしたが、いつまで経っても心のモヤモヤが晴れることはなかった。確かに、無駄遣いにはつき合わされた。だが、そこまで悪いことをする人ではないと信じたかった。

胸にどんよりとした濃い霧がかかっていた。心の底のほうで葛藤のマグマが沸々と煮えたぎり、今夜は眠れそうになかった。

3

翌日、寝不足の目をこすりながら、品川へ向かった。もう済んだことだ。忘れようと思った。過去を振り返っても仕方がない。新しい未来へ向かっていくのだ。ポジティブに行こうじゃないか。

そんな前向きな気持ちでお客様を待ったのだが、午前中はまったく人が寄りつかず、午後になっても「売上ゼロ」が続いた。

そんな寂れた風向きの僕に声を掛けてきたのは、またもやかつての顔見知りだった。

「よお、海野！　海野じゃないか！　久しぶり！」

「あっ、星崎《ほしざき》さんじゃないですか。いや〜、お久しぶりですねぇ」

「おお〜、元気でやってたのか。まさか、こんなところで再会するとはな」

「はい、びっくりです」

「まったくだ」

「お会いできて嬉しいです」

「おおっ、しかしまあ、靴磨きとはまた、えらく華麗なる転身だな！」

ガハハハッと豪快に笑うこの星崎賢太郎《けんたろう》は、ハートフルハピネス生命のベテラン営業社員の一人で、同じ支社で共に切磋琢磨《せっさたくま》した仲間だった。学生時代から柔道の重量級で活躍した強面《こわもて》の体育会系熱血漢だ。今も道場で少年たちのコーチをしているらしかった。

「はい、新たな夢を見つけました！

「ほほう、かっこいいな。そうか、それならよかった。うん、じゃあ、せっかくだから磨いてもらうかな」

「ありがとうございます。どうぞこちらへお座りください」

　めぐみが座ると大きく余る椅子も、星崎賢太郎にとっては小さかった。スリッパもつま先しか入っていなかった。革靴もビッグサイズだ。三十センチはあるだろう。磨き甲斐のある靴だ。

「それにしても、お前の退職は残念だったよ」

「いえ、もう済んだことですから」

　胸の奥がつんと痛む。星崎とは課が違ったが、僕に目を掛けてくれていた先輩だった。

「切り替えが早いな。さすが元トップセールス。前向きだ。ま、そうだよな。いい経験したって思えばいいのか」

「ところで星崎さん。今日は品川でアポですか？」

「そう。そこの八菱重工業の若手社員から、個人契約を預かってきたよ。デカい体でコツコツとな！　うちは長男が大学生で、次男が高校生、そんでもって三男が中学受験さ。しかも皆、私立だから金が掛かってしょうがないよ」

「頑張り甲斐がありますね」

「まあな。マイホームのローンも残ってるしな。これからがますます大変だよ」

「そこはやっぱり、フルコミッションの生保営業だからいいですよね。やればやっただけ見返りがあるし」

「そうそう。今月はキャンペーンで賞金も掛かってるし、気合も入ってるよ。ただ今、支社で第二位！」

星崎賢太郎は、太い指でVサインを作ってみせた。

「へぇー、凄いじゃないですか。一位は誰なんですか？」

「ん？　ああ、それはあいつだよ、あいつ。死神、死神悪魔」

「死神？　悪魔？　それって誰ですか？」

「えっ、海野、お前、あいつのあだ名、知らないのか」

「はっ？」

「に・し・が・み、だよ。西上！　にしがみたくま。『しにがみあくま』って、みんなから呼ばれてたじゃないか」

僕は危うく手から靴を落としそうになった。

「えっ！　いえ、全然、知りませんでした」

「そういやあ、お前、一時期、死神と仲良かったもんな。そうか、それでか。おかしいと思ったよ。あれだけ活躍していた海野が、急に失速しちゃって、そんでもって辞めたっていうから。もしかして……って思ったけど。やっぱりそうか。『死神に憑りつかれてた』ってわけか」

僕は頭の中が混乱していた。靴を磨く手が震えた。星崎は気の毒そうな表情を浮かべながら話を続けた。

「有名だぜ、昔から。新人が入ってくると、笑顔で親切そうに近づいていって。手間暇かけて信用させるわけさ。いや〜、その手口は巧妙だよ。純朴な新人はすぐ騙されちゃう。周りが忠告してあげればいいんだろうけど、ほら、みんな自分の仕事でいっぱいいっぱいだろ。個人事業主だしさ。お前のときは、さすがに俺も注意してやろうかと思ったけど、そのタイミングでお前が死神から離れていったから、大丈夫かと思ったんだよ」

手の震えを悟られないようにするだけで必死だった。

「支社長やマネージャーが言ってあげりゃあいいんだろうけど、何でだろうな。なんか西上に弱みを握られてるって噂もあるし。……そうだ。まさか、海野お前、外車ディーラーで車買ってないよな？」

「あ、ああ。買いましたけど……」

「ええっ～、買っちゃったのかよ！　あちゃー」

星崎はおでこにピシャッと手を当てて、大袈裟にのけ反《ぞ》った。

「あれはあいつの常套手段《じようとうしゆだん》さ。一種のタカりだな。業者と組んでリベートもらってるらしいぜ。外車乗ると営業成績が上がるって言われたろ。まったく死神だよ、あいつは。それだけじゃないぜ。親切に仕事を手伝う振りしてさ、巧みに同行訪問して、結局は新人のお客さんまで奪っていくんだから」

僕は今、パズルのピースが埋まっていくように、西上拓磨の言動の辻褄《つじつま》が合っていった。成田社長から聞いた話も真実だろう。僕は悔しさのあまり、ビッグサイズの靴がつぶれるほど、両手で強く握りしめていた。

「おいおい、大丈夫かよ。俺の靴……」

「あっ、いえ、すいません」

「そうかぁ。お前も被害者だったんだな。そういやあ、死神のやつ。今月挙げてる契約のほとんどは、海野から引き継いだ客からだって言ってたな。ホントうまいことやってるよな。許せないよ」

　そうだとしたら本当に許せない。

「しかも、あいつはさ。新人の既契約を解約させた後は、その新人の新規見込み客のところにまで先回りして、用意周到に潰していくっていうんだから、相当悪質だよな。たぶん、海野の顧客リストや見込み客情報はコピーされていたはずだ。その客先へ行って、あることないこと誹謗《ひぼう》中傷して回ったり、怪文書まで流したりするっていうんだから、もう変質的な犯罪者だぜ」

　事の真相を聞きながら、僕は狂ったように靴を磨いていた。

　この怒りはどこへぶつければいいのか。

「きっと歪んでるんだろうな。人格が。他人を陥れることに喜びを感じて全精力をつぎ込むあたりは、病気だよ、病気。ぞっとするぜ」

　二重人格なのかもしれない。

「そう、異常だよ。やり方が巧妙過ぎて周りは気づかないし、尻尾をつかませるような証拠も残さないからなあ、死神は。でも、まあ騙されるほうだって……」

　このときの僕は、異様なほどに殺気立っていたかもしれない。

「あっ、ごめん。ちょっと言い過ぎたか」

僕は磨き終わった革靴を星崎の前に置いた。

「……いえ。はい、できました。どうぞ」

「おお〜、凄いな。ピカピカの新品みたいじゃねーか！　うーん、美しい！　最高、最高！　さすが、シューシャイナーってか」

驚愕《きょうがく》の「悪事」を知った僕の心は粉々に砕かれたが、磨き終わった靴を見て素直に感動してくれた星崎の姿に触れ、少し救われる思いになった。

「そうだ、海野、今度、うちの会社へ出張してもらってさ、みんなの靴まとめて磨いてやったらどうだ。前もって言っておけば、その日に履いている靴だけじゃなくて、家から何足か持って来れるだろ。まとめて磨けば、そこそこの売上になるじゃないか。会社のミーティングルームを借り切って。靴磨きの場所に使ったっていいぜ。俺に任せとけ」

「いいんですか？　会社を辞めた僕が……」

「いいって、いいって。気にすんなよ。お前を助けてやれなかった、ほんの罪滅ぼしさ。きっと俺みたいに思ってる奴は、社内にたくさんいるぞ」

「ありがとうございます。では、せっかくのご厚意ですので、来週、お邪魔させてもらいますね」

出張ビジネスも悪くない。これは僕の構想にもあったことだ。「三年以内に契約企業百社」と期限の札に書いてある。もっともそれには、僕と同じ腕を持ったパートナーをたくさん育てる必要があるのだが……。

4

それからの数日間というもの、僕は靴を一心不乱に磨き続けることで「死神事件」を忘れようとした。

西上拓磨のターゲットにされたのは、僕がたまたま隣の席にいただけが理由ではない。きっと隙があったのだ。星崎も言い掛けていたように、騙された僕がバカだったのだろう。早く忘れなければならない。といっても簡単に頭から離れることではなかった。もし来週、会社で「しにがみあくま」と顔を合わせたとしたら、平常心でいられるだろうか。ましてや、あいつの靴を磨くことなんてできるのだろうか。いや、もう彼は僕には近づいてこないだろう。

「あの～、靴磨いてもらえますか?」

お客様だ。今は邪念を振り払い、目の前の仕事に集中しなければ。

「いらっしゃいませ!」

目の前にはオタク風の若いサラリーマンが立っていた。新卒社員だろうか。黒縁のメガネに、前髪が真っ直ぐオンザ眉毛で揃っている。お坊ちゃまカットの昭和的な風貌が初々しい。

「どうぞ、こちらにお座りください。靴を脱いでスリッパに履き替えていただき、十五分ほどお待ちください」

シークレットシューズだった。かかとは十センチ以上の上げ底だ。百七十センチくらいの身長かと思ったが、実際は百六十センチにも満たないおチビちゃんだったようだ。

さっきから、じーっと僕の顔を見ている。ほぼ瞬《まばた》きもせず、まったく視線を逸《そ》らさない。しかも、甘いムスクの香水をつけているようで、悪趣味な匂いをプンプンさせている。なんだか気味が悪い。

「お客さん、僕の顔に何か?」

「いえ、別に……。ええっと……」

今度はもぞもぞとスーツのポケットから名刺入れを取り出すと、僕に差し出した。

「私、こういう者です」

〔雲海銀行　品川南口支店　融資課　剛田強志《ごうだつよし》〕

銀行員だったのか。剛田強志って、弱々しい風貌と名前がまったくマッチしていない。

あれっ、雲海銀行って、すぐそこの支店じゃないか。目と鼻の先に看板と入口が見える。

「うちの銀行。そのビルなんです。ボク、いつも三階の窓からあなたが靴を磨く姿を見ていて、カッコいいなぁって憧れてました」

「それはどうも」

「だからいつか、靴を磨いてもらおうと機会を窺っていたんです」

「そうでしたか。ありがとうございます。これからもぜひ、ご贔屓《ひいき》に」

剛田強志は、ずれ落ちた黒縁のメガネを人差し指で押し上げると、意を決したように大きな声を出した。

「師匠！」

「はっ？」

「ボクを弟子にしてください！　お願いします！」

「ええっ、弟子って……。靴磨きの？」

「もちろんです。ぜひとも！」

「何かの冗談なの？」

「いいえ、ボクは本気です！」

「いや、今はまだそんな余裕は……」

「給料はいりません」

「でも、無理ですよ。申し訳ありませんが」

「そばで見てるだけでいいんです。磨き方は教えてくれなくても大丈夫です。技は盗むものですから」

「いえ、そんなこと急に言われたって」

「そろそろ助手が必要なんじゃないかと。来週だって、企業に出張して大量の靴を磨くんじゃないんですか？」

どうしてそれを。星崎賢太郎との会話をどこかで聞いていたのか。

「いやいや、だって君は銀行の仕事があるでしょ。こんなとこでサボってたら上司に見つかって怒られるよ」

「海野師匠、ご心配なく」

えっ、名前まで知ってるのか。

「上司に怒られる心配などありませんよ。だって、先ほど辞表を提出してきたばかりですから」

「えー、何だそれ！　気が早いよ」

「実はボク、上司にアベンジしちゃいまして」

「アベンジ？」

「そうです。アベンジ。個人的な復讐のリベンジじゃなくて、アベンジャーズのアベンジです。正義の報復ですね。上司にアベンジで百倍返しをお見舞いしてやりました」

この若造は危ない奴かもしれない。弟子になんかしたら大変なことになるぞ。

「常務と支店長に土下座させましたよ、たった今」

「ええっ、まさか。またまた～」

「本当ですよ。嘘だと思ったら、明日の記者会見をご覧ください。頭取始めトップたちがテレビの前で深々と頭を下げて謝罪する、お決まりのパフォーマンスが見られますよ。前代未聞の不祥事発覚ですからね。ボクが全部暴いてやりました」

こいつは、ただのお坊ちゃま君じゃないのかもしれない。よくよく見れば不思議なオーラを放っている。どこかで会ったことのあるような……。

「そもそも銀行は隠蔽《いんぺい》体質ですからね。ボクは初めからおかしいと思って、いろいろと調べてたんですよ。そうしたら、銀行側がボクに全責任を負わせるような裏工作をしてきて。かなりいじめられました」

「ドラマのような話ですね」

「それよりもタチが悪いですよ。人間のクズどもです。アベンジするために、金融庁のお偉いさんをやってる伯父の力を、ちょっとだけ借りましたけどね」

やっぱりこいつはただ者じゃない。

「ところで、西上拓磨の野郎なんですが……」

「ど、どうしてそれを！」

いくら何でも知り過ぎだろう。なんだか薄気味が悪い。

「師匠、どうしても何も、そもそもですよ、どうしてあんな奴に自分がハメられたんだと思いますか？」

「大きなお世話だ」

僕は磨き終わったシークレットシューズをドサッと置いた。

「もう帰ってくれ！」

「いや、帰りませんよ。ボク、ついでに調べたんですよ。西上拓磨のこと。それから、例の外車ディーラーについても。あれはかなり真っ黒でした。ヤバいです。裏社会と繋がってますしね」

この一言で僕の理性は完全に飛んだ。

「何だって！」

「ボクの大叔父が警察庁にいるんですが、いろいろと調べてもらったらですね、すっごい疑惑が浮上しましたよ」

「金融庁に警察庁？　おいおい剛田君、君は一体……」

「実はですねぇ、驚かないでくださいね。あのディーラー、自分たちで売った高級車のスペアキーを隠し持っておいて、車を盗み出したあと海外へ密輸して、めっちゃ荒稼ぎしてるんです」

「ホントなのか、その話」

「ま、あくまで内偵中なんですけど。限りなく黒に近いグレー。だいたい西上は今、師匠のポルシェを転売せずに自分で乗り回してますよ。まだ証拠はつかめてないのですが、シルバーを黒に塗り替えてね。ナンバープレートも車検証もすべて偽造してます。あいつ、調子に乗り過ぎです。許せません！」

「な、何だと～！」

頭の中で何かがブチッと音を立てて切れた。

東の空から竜の形をした黒い雲が迫っていた。

5

翌週、ハートフルハピネス生命の支社へ訪問する日がやってきた。星崎賢太郎は屈託《くったく》のない笑顔と、大きな声で僕を迎え入れてくれた。退職して以来、オフィスへ入るのは久しぶりだ。

西上拓磨の姿はどこにも見えなかった。出入口の行き先ボードには「直行AM11時出社」となっていた。

僕は朝礼で簡単に紹介され、その後、ミーティングルームで待機した。そこには次々とたくさんの革靴が持ち込まれた。歓迎ムード一色で、嬉しい悲鳴だ。

剛田強志を助手で連れて来て正解だった。とてもじゃないが僕一人ではこなしきれる数ではない。彼にはまずブラシとローションで、汚れを落とす作業を分担してもらった。

「剛田君、ちょっと、ここを頼む」

「はい、承知しました、海野師匠」

僕はトイレを済ませると、エレベーターでビルの地下パーキングへと向かった。西上拓磨の駐車スペースの場所は、すでに星崎賢太郎から聞いてあった。

そろそろ「死神」が出社する時間だ。

遠くから聞き覚えのあるエンジン音が聞こえてきた。ポルシェ911ターボだ。僕は駐車場の壁にもたれていた。目の前に西上が車を止める。僕を見つけた西上は一瞬、ぎょっとした表情を浮かべたが、わざと平静を装うかのように車を降り、静かにドアを閉めた。

「おやおや、海野君、ご無沙汰だねぇ。今日は靴磨きの仕事だって？」

「死神さん、久しぶり。いい車に乗ってるな」

「ま、まあね。ふっ」

西上は顔の左半分だけで笑った。

僕はポルシェの右側に回り込み、屈《かが》みこんで助手席のウインドウを見た。

「やっぱり。死神さん、ここのウインドウの小さい傷、僕がポルシェを買って間もない頃、すれ違ったトラックに小石を飛ばされてついた傷だ。この星型の傷、はっきり覚えてる。新車だったから、ショックでね」

間違いない。僕のポルシェだ。

「何を言ってるんだか、意味がわからないね。君のポルシェは盗まれたんだろ。これはナンバーや色がまったく違うじゃないか。だいたいそんな傷くらい、何の証拠にもなりゃしないよ」

「ほお、なるほど。シラを切るつもりか」

「悪いが、君を相手にしてる暇はないんだ。じゃあな」

西上は背中を向けて歩き出した。そして、つばを吐くと言った。

「ふん！　騙されたお前がバカなんだよ！」

その瞬間、僕はキレて大声で叫んだ。

「にしがみ〜！」

怒りが爆発した僕は、振り向いた西上へ飛び掛かろうと一歩踏み出した。そのとき、背後から誰かに羽交い締めにされ、止められた。

「師匠、落ち着いてください！」

剛田強志だ。こいつ、僕の後をつけていたのか。

「離せ！　離せよ！」

「お願いです。やめてください」

「うるさい！　こいつだけは許せない！」

「暴力はいけません。あんなやつのために手を汚しちゃだめです」

剛田に羽交い締めにされた僕は、一歩も動くことができなかった。小さな体のどこにこんな力があるのか。

「気持ちはわかります！　でも暴力では何も解決しません」

「くそったれ！」

僕は悔しさのあまり、鬼の形相で号泣していた。

西上は吐き捨てるようにして言った。

「バカどもが！　忠臣蔵ごっこか！　殿中でござるってか！」

「なんだとー！」

怒りのあまり僕は乱心したのか。本性を現した西上が本物の死神に見えた。目の前の死神は、大鎌を振りかざし、大きく裂けた口から、さらに毒を吐いた。

「へっ、靴の裏でも舐めてやがれ！」

西上が長い前髪をかきあげる仕草を見せると、額の中央に三日月の形をした痣が見えた。僕はその〝三日月〟が遠ざかっていくのを、悔し涙を拭おうともせずに、ただ見送った。

「師匠、安心してください。必ず『天罰』が下りますから」

その夜、僕は剛田強志と二人で、品川駅の靴磨きスペースにほど近いリバーサイド公園にいた。八十八年ぶりにスーパームーンの皆既月食《かいきげっしょく》が見られる夜だった。

剛田は「天罰」という言葉を使ったが、もはや〝気休め〟にしか聞こえなかった。僕はもう神様の力を信じられなくなっていた。結局、善意の人間が悪意のある人間の餌食《えじき》になるように、善の神様も「死神」や「悪魔」には勝てないのではないのか。

僕がいくら正しく生きようとしても、世の中は「悪意」に満ちているではないか！

これからまた、どんな攻撃にさらされるのかわかったものではない。それが人生なのではないのか。

「海野師匠、正義は必ず勝ちます！　ボクを信じてください」

剛田強志は目をギラギラさせて言った。一体この男は何者なんだ。

「はい、どうぞ、師匠。コンビニで缶ビール、買ってきました」

はて、こんなメーカーの缶ビールなんてあったか？　ちょっと見覚えがないデザインだが……。

「師匠、乾杯しましょう！　アベンジ達成のお祝いに」

「いや、そんな気分じゃないよ。アベンジどころか、中途半端に取り乱した自分が恥ずかしいくらいだ」

「まあ、確かに。でも、師匠は死神へ『宣戦布告』したじゃないですか。ちゃんと怒りをあらわにした。あれは号砲です。その合図は天へ届いたと思いますよ」

「何だよ、それ」

「アベンジの神様は、いつも見ています。闘おうとする勇気を」

「勇気？」

「ま、ま、とりあえず、冷えてるうちに、ビール飲みましょうよ」

「ああ、そうだな」

無性に喉が渇いていた僕は、乾杯したビールをグイッ、ゴクゴクッと一気に半分以上も飲んでしまった。

今夜のビールは酔いが回る。例によって特殊な酩酊感が襲ってきた。また僕は神様の世界にトリップするのか。

剛田強志は低い声でゆっくりと語り出した。

「いいですか、海野師匠。たとえば、悪質な上司がいる酷い会社があったとして、その上司に向かって復讐なんて、まず考えませんよねぇ？」

「まあ、普通はそうだろうな。ただひたすら耐え忍ぶか、または辞めるかしか、選択肢はないだろうね」

「ですよね。上司からのいじめに限らず、理不尽なことだらけの組織の中じゃ、泣き寝入りしなきゃならないことばかりなんでしょうね。我慢、我慢の日々です」

「でも、剛田君は凄いよ。銀行みたいな官僚的な組織にいると、ついつい長いものに巻かれちゃいがちだけどさ。あそこまで組織と闘うなんて」

「海野師匠は平和主義者ですもんね。優し過ぎる」

「いや、優しいわけじゃなくてさ、なんてゆうか、どうせ愚か者を相手にしたところで、時間と労力の無駄になるだけなんじゃないかと。そう思って、泣き寝入りばっかりさ」

「で？　人生いいことありましたか？」

痛いところを突いてくる。

「まあ、そうだなあ。元々、楽観的な性格だからなぁ、僕は。攻撃的な奴からの妬みや嫌がらせには、事なかれ主義で対応してきたかもな」

「やっぱりね」

「そのほうが『金持ち喧嘩せず』的っていうか、余裕のある人格者みたいでさ、かっこよく見えるだろ？」

「だけどそれじゃ、悪い奴をつけあがらせるだけじゃないですか。違いますか？」

「うん、まあ、そうだけどさ……」

「これからは、目の前の問題としっかり直面してください！」

「直面？　なんだかお前、今日は偉そうだな、弟子のくせして」

「師匠、今日は『アベンジの神様』からのメッセージだと思って聞いてください」

不思議な味のビールのせいだろうか。僕はまたもや、素直に聞かなければいけない気になっていた。

「いいですか！　『やられたら、やり返す！　百倍返しだ！』ですよ、師匠！」

「なんだ、そのキャッチフレーズは？　ドラマの見過ぎじゃないのか」

「だって、海野師匠の場合は、『やられたら、ありがとう！　グッ倍返しだ！』というふうに、目の前の敵から逃げて、グッバイしちゃうわけでしょ。それがポジティブな解釈なんだと勘違いしてたんですよね？　アホですね」

「アホとはなんだよ」

「いや、すみません。だって師匠は、人間のクズにも感謝するってタイプでしょ？　ちょっと自己啓発書の読み過ぎなんですよ。感謝もいいけど、時と場合によるでしょ。悪人に感謝してどうするんですか！　まったく」

「まあ、その通りかもな」

「愚か者は相手にしないのは正しいけど、もしそいつが攻撃してきたときには、堂々と立ち向かわなきゃ！」

「わ、わかったよ、もういいだろ」

「いいえ、まだ師匠はわかってません。今まではただ、問題に直面する勇気がなかっただけだと、認めてください」

「うーん……」

まさにその通りだ。西上からのありがた迷惑にも、そこで「嫌だ」と言って拒絶しなきゃいけなかったんだ。僕は〝真実〟が見えていなかった。

今となっては、それを素直に認めるしかない。

「都合のいい誤った解釈で、邪悪な敵を受け入れたり、または逃げ回ってばかりいると、問題の本質は何も解決しません。攻撃的な姿勢で目の前の敵と闘わない限り、幸運はやってこないんです。アベンジの神様は、問題と直面する人を応援するんですよ」

「アベンジの神様っていうのが、本当にいるのか？」

「もちろんです。海野師匠の最大の弱点は『物わかりのいい寛大さ』なんですよ。思い返してみてください。『ニセポジティブ思考』が、どれだけ師匠の運気を下げたのか。放っておけば、謂《いわ》れのない誹謗中傷《ひぼうちゆうしよう》や裏切り行為は、エスカレートしていくばかりだったはずです。人のよさにつけ込む行為は、邪悪な者にとっての常套《じようとう》手段なんですよ」

「物わかりのいい寛大さ、かぁ……なるほど」

「世の中のいじめっ子は、いじめられる子が、その邪悪な行為を受け入れた瞬間にいじめっ子の役割をエスカレートさせるんです。いじめに対して『嫌だ』『やめろ』と言える勇気がいじめをなくしていくんですよ。それが第一歩なんです」

「でもさ、それができないから、みんな辛い思いをしてるんだろ。優しい子、気の弱い子は、いつも被害者なんだよ。お前みたいなアベンジャーにはわからないと思うけど」

「いいえ、ボクはずっと、子供の頃からいじめられっ子でした。自分には価値がないって、自己卑下して生きてきました。みじめでした。辛くて辛くて、もう朝が来なくていい、とまで思いましたよ」

　剛田強志は目に涙をいっぱい溜めていた。

「そうだったのか」

　確かに、見た目は〝オタク〟だ。

　彼は、右手で左手のシャツの袖をまくり上げると、僕のほうへ腕を突き出した。そこには、無数の傷痕や火傷の痕があった。おそらく煙草を押しつけられた痕だろう。

「全身、こんな感じですよ。僕に勇気がないばっかりに、我慢に我慢を重ねて……、自分で自分の肉体を悪魔の生け贄《いにえ》に捧げていたってわけです」

「生け贄って、そんな」

早く」

「我慢などせずに『やめろよ』って、勇気を持って立ち向かうべきだったんです。もっと

「我慢は美徳ばかりとは限らないんだな」

「そうなんです。ボクは自分自身をもっと大切にすべきでした」

「またここでも『自分への貢献』か」

「ボクは『自分への貢献』というロジックに気づくまでは、かなり遠回りしましたけどね。どん底にいるボロボロの自分を変えようと死ぬ気で努力して、やっとアベンジの神様から『直面する勇気』を学んだんです」

「ふーむ、直面する勇気ねぇ」

「最大の敵は自分自身です。海野師匠も、邪悪な相手と向き合う前に、自分自身の正義の心と向き合ってください」

剛田の瞳が真っ直ぐに僕を射貫く。

僕は彼の瞳を見返して頷いた。

「今度こそ、わかった気がするよ」

「しつこいようですが、自分を偽った行動を繰り返す限り、『アベンジの神様』は味方してくれません。勇気ある、あと一歩の踏み込みによって、『幸運の貯金』ができるんです」

「幸運の貯金？」

「そうです。たとえ始めの反撃が返り討ちに遭おうとも、怯《ひる》んではいけませんよ。蓄えられた『幸運の貯金』は、踏み込めば踏み込むほど倍々返しで運用されていくんです」

「貯金とか運用とか、まるで銀行みたいだな」

「そうですよ、運も資産なんです、人生の。だから、やられてもやられても立ち上がるんです。『アベンジの神様』は、師匠の覚悟を見ています」

「覚悟かぁ……」

「いついかなるときでも、ファイティングポーズを崩さず、勇気を持って立ち向かうことができれば、よくも悪くも問題の局面は動き出すことになります」

「よーし、わかった！」

「道は必ず開かれます」

いつの間にか僕は、空いたビールの缶をぺしゃんこに握りつぶしていた。

奮い立った僕はファイティングポーズを作り、月に向かってシュッシュッとジャブを二回打った。

すると、皆既月食の始まったスーパームーンが、さらにへこんで見えた。

6

それから一か月半後の休日。

窃盗団密輸グループ・通称「ＫＩＲＡ」が一斉摘発されたというニュースが流れた。警視庁エリートの大石《おおいし》警部率いる四十七人の特殊精鋭部隊・通称「ＡＫＯＨ」が、窃盗団のアジトへ踏み込んだのだ。あの外車ディーラーの店長は、その首謀者だった。

金庫番だった西上拓磨も逮捕された。手錠を掛けられた「死神」がパトカーから出てくるシーンが、何度もテレビに映し出された。黒いフードを目深に被り背中を丸めたその姿は、まさに〝死神そのもの〟だった。

僕はあれから、正々堂々と「直面」しようと決意した。

警察へ何度も足を運び、再捜査を直訴した。靴磨きの常連客だったメディア関係者へも情報をリークして世論を動かした。裏社会からの脅しや嫌がらせもあったが、怯まずに行動しているうちに、それは潮が引くように治まっていった。

——それが剛田強志の人脈による根回しのおかげだったのか、あるいはアベンジの神様が味方してくれたからなのか、それはわからない。

「たっちゃん、やっぱり正義は勝つのよ」

僕が覚悟の行動を起こしてから間もなく、我が家に戻ってきた幸恵が、テレビのニュースを見ながら言った。

「うん、そうだね。高い授業料を払わされたけど、今回のことでは学ぶことが多かった気がする」

「そうそう。雨降って地固まる、ってとこかしら」

「ホントに固まったのかな？　僕の人生」

「最終ステージまでは、もう少しね」

「って、何が？」

「ううん。あっ、そういえば、礼二くんとめぐみちゃんもインドに帰っちゃったわね。また会えるかしら」

「んっ？　きっとまた、クラウド号に乗ってやってくるさ」

僕は、あの朝の美しい「虹色の雲」を思い出していた。

「あっ、それとね。さっき、たっちゃんが散歩に出かけてるときに、剛田さんってメガネの子が訪ねてきてね。これを渡してくれって」

段ボール箱だった。開けてみると、その中には一通の手紙とボクシングのグローブが入っていた。

〔『あしたのためのその二』
いつもファイティングポーズを忘れずに。
ボクはしばらくニューカレドニアの実家に帰ります。
さようなら。
永遠の一番弟子より〕

またまた天国に一番近い島か。
もはや僕は驚かなくなっていた。それよりも、「いつかニューカレドニアへ行ってみたいな」と、そう思った。

僕は剛田から贈られたグローブを両手にはめ、バルコニーへ出た。そして、夜空の「三日月」に向かってシュッシュッとジャブを二回打った。
振り返ってリビングを見ると、幸恵も同じポーズでジャブを二回打っていた。

ストーリー❼ ネギップの神様

1

その神社がいつからそこに存在していたのか、定かではない。

僕と幸恵の住む中目黒のマンションからほど近く、長期休業中のバー「マッツマン」の裏手に、その門が見える。赤い鳥居をくぐると、石段が長く続いている。天高くどこまでも伸びていくかのようなその石段は、八百八十八段もあるらしかった。長い石段を上り切った頂きには、「禰宜府《ねぎふ》神社」のご神体が鎮座している。

僕は、氏神様であるこの禰宜府神社へ、「期限のお札」を納めるのが毎月の恒例行事となっていた。あれからすべての目標を期限内に次々とクリアし、まさに〝神懸かり〟的な快進撃を果たしていたのだ。

道端で靴を磨き始めてから早三年の月日が流れ、僕が始めた靴磨きビジネスはウソのような急成長を遂げることができた。法人化して店舗数を増やし、今や僕の愛弟子《まなでし》が自分の弟子を持ち、シューシャイナー社員の数は、あっという間に八百八十八人にまで膨れ上がっていた。

彼らが講師となり、全国各地で開催する「幸運を呼ぶシューケア教室」は、ネット上で話題となり一大ムーブメントを巻き起こした。靴磨きは、一躍、「小中学生の将来なりたい職業ランキング〝第一位〟」に選出されるほどに、地位を確立したのだ。そして、そのブームの仕掛け人であり、三十代の若手経営者であった僕は各メディアから引っ張りダコとなり、入社希望者も後を絶たなかった。

靴磨きや修理メンテナンス事業はもちろんのこと、履き古した靴を新品同様に再生させる特殊技術の開発によって、下取りした高級な革靴を新品同様の中古品として安価で販売する「黄泉《よみ》がえりビジネス」も大ヒットを続けている。

我が社には役職がない。社員それぞれが、手を挙げて主体的に役割を担うメンター制度とアンバサダー制度があるだけだ。

だから、組織として研修や教育に取り組む必要もなければ、人事評価制度そのものが必要なかった。仲間からの応援・指導・評価がすべてなのだ。社員たちそれぞれの自己申告で、タスクと報酬は自由に設定できるようにした。結果に対して年俸を支払うのではなく、年俸に相当する結果を必ず出す、という文化が育っていったのだ。

コスト意識は、個人の「良心」に従った。組織のムリ・ムダ・ムラは個人の痛みと同じだ。そうした固い結束力と高いロイヤルティは、日本中で好業績をあげるどんな会社組織であったとしても、他の追随を許すことはなかった。

他社に真似のできない、その制度が世間から評価され、社員満足度の高い会社として、「社員幸福度アワード」ナンバーワン企業の称号を得ることもできた。もはや、お客様満足度を高めることなど、唱えるまでもない至極当たり前のこと、というのが社員全員の共通認識だった。

僕は企業のトップとして「教祖様」のように崇高な理念を掲げ、自らが率先して大好きな靴磨きの技術を磨いているだけでよかったのだ。

こんなにうまくいくことってあり得るのだろうか。今となってもまだ信じられない。

まさに〝天国〟のような理想の仕事がそこにあった。


思い返してみれば、僕の人生は二十九歳から三十代を境にして、大きく変化した。数々の魔訶不思議な出会いによって、一つ一つ成長の階段を登るように、僕は〝強運〟を手に入れることができたのだ。

ここまでやってこられたのも、さまざまな「選択」を迫られる大切な局面、その節目節目において、妻の幸恵が「決断」を後押ししてくれたおかげだ。妻の存在は僕にとってなくてはならない〝お神さん〟であると言える。

名づけるとするならば、「セレクトの神様」だ。

彼女には感謝しても感謝しても感謝し切れない。


一度は愛想を尽かされた彼女と奇跡的に再会でき、結婚するきっかけになったのは、朝井昇との出会いによるものだ。酒によって失敗を繰り返し、どうしようもなくグダグダだった僕の生活が、「早起き体質」に変わり、そして人生に〝規律〟が生まれた。その結果、リーダーへと昇進を果たすこともできた。

モーニングの神様に感謝だ。


バー「マッツマン」のマスター霧野玉三郎には、失敗から「教訓」を得ることの大切さを学んだ。そして〝真のコミュニケーション〟の重要性に気づいた僕は、チームを飛躍的に成長させることができたのだ。

ミステイクの神様に感謝だ。

竹下めぐみとの出会いは衝撃的だった。骨髄バンクへ登録することとなり「他者への貢献、社会への貢献」こそが、自らの幸福をも追求することなのだと思い知った。それらを〝行動〟で示すことによって、幸運が引き寄せられたのだ。

アクションの神様に感謝だ。

金元礼二との出会いは、僕の運命を大きく変えた。金運を味方につける人格者を目指そうと、転職を決意する動機となった。「経済的な豊かさ」を手に入れることに後ろめたさを感じることなく〝自分へ貢献〟することこそが、世のため人のためになるのだと教えられた。

マネーの神様に感謝だ。

宮城龍之介には足を向けて寝られない。僕の窮地を救ってくれ、本当の夢に気づかせてくれた命の恩人である。そして、その人生の目標に「期限の札」を掲げる〝計画性の意味〟を腹に落ちるまで説いてくれた。

リミットの神様に感謝だ。

剛田強志のおかげで、「物わかりのいい寛大さ」という、僕にとっての最大の弱点を克服することができた。敵意ある相手と闘うこと、目の前の問題と直面すること。それこそが、本当の意味で〝自分自身を大切にすること〟であると知り、成功へのスピードが加速していった。

アベンジの神様に感謝だ。

こうして「二十一世紀の七福神」を味方につけ、僕の人生は幸運体質へと進化していったのだ。よって、現在の繁栄がある。

2

そんな思いを胸に、僕は今年も、「禰宜府神社」の石段を上っていた。

この場所は、いつも静かだ。都会のど真ん中とは思えない。境内で人とすれ違うことさえめったにないのだから。

石段に大きな屋根が覆うように、満開のソメイヨシノがつくる「桜のトンネル」は、どこまでも続くように美しかった。こんな絶景な桜並木の名所に人の気配がないとは、魔訶不思議である。これを「穴場」というのか。この近所に住んでいた僕は、やっぱりツイているのだ。

そしてこの日、僕にとって生涯忘れることのできない「神秘的な運命の出会い」が訪れることになる。

恒例の参拝と奉納を滞《とどこお》りなく済ませた僕は、石段を下りようとしていた。そのとき、石段を上ってくる人の息遣いが聞こえた。

「はあ、はあっ、はあ、はあっ」

「おや、珍しいな」

トレーニングウェアに身を包んだ恰幅《かっぷく》のいい男が、ぜえぜえと息を切らして駆け上がってくる。その男は、滴《したた》り落ちる汗で、シャワーを浴びせたように全身ぐしょ濡れになっていた。Tシャツが張りついた体には、アスリートのような筋肉が隆々と浮き出ている。

その男は、石段を上り切ったところで一瞬「はあぁ～」と一息つくと、すぐにストレッチを始めた。

むむっ？　あの四角い顔、そしてもみあげと顎ヒゲには見覚えがあるぞ。

「あっ、ああ〜」

僕は奇声を上げ、そして、絶句し、しばらく固まってしまった。

間違いない。間違えようもない。昨日、国民栄誉賞受賞のニュースが流れたばかりの「針井凡人《はりいぼんと》」その人だ。

針井凡人選手は日米通算八百八十八号のホームランを放ったメジャーリーガーだ。ラスベガス・ヘブンズの四番バッターとして、史上初のワールドシリーズ八連覇に貢献し、四十歳になる今シーズンから、日本プロ野球界の古巣である八王子ラッキーズに復帰したばかり。八十億円の年俸を蹴って、たった八千万円の年俸で「恩返し」の復帰を決めたその「男気」に、ファンは胸を熱くしているという。

その偉大なるスーパースター・針井選手が今、僕の目の前でトレーニングしているなんて信じられない。しかも、僕に向かってにっこりと微笑んでいるではないか。

「こんにちは」

しゃ、喋った……。ぼ、僕に向かって。

いや、でも待てよ。明日からレギュラーシーズン開幕だというのに、一体こんなところで何をしているのか。

「こ、こ、こんにちは」

「明日から開幕だというのにここで何をしている……って、顔してますね」

「い、いえ、そんな。ここでお会いできて光栄です。僕、大ファンなんです！」

「それはそれは、どうもありがとう。今日は勝手にオレ流の調整ですよ。ははっ、もうベテランですからね、私は。こうして神社へのお参りを兼ねたトレーニングを」

首にかけたタオルで噴き出る汗を拭いながら、スーパースターはフランクに笑った。

「ああ、なるほど、ですね」

「桜のトンネル、最高でしたねぇ」

「はい、超穴場ですよね、ここ。ところで、針井選手はよくこちらの神社へ？」

「はい、大事な節目には必ず来てますよ」

「そうでしたか。私も目標を達成できたときは、お礼に必ずお参りを」

「それは感心ですねぇ。僕もアメリカから飛行機に乗って、ちょくちょく来てました。優勝や記録達成のお礼に」

「アメリカから、ですか」

「そうそう。やっぱり禰宜府神社の御利益は最高ですからねぇ」

「そうなんですか！　ここはそんなに御利益があるんですね」

僕は今ここで、憧れのスター選手と同じ価値観を共有していることに感動し、舞い上がっていた。

「それはそうと、海野さん」

「えええっ、何で針井選手が僕の名前をご存じなんですか？　びっくりです」

何なんだ、この展開は。あり得ない。

「あなたはすでに有名人じゃないですか。いつか海野さんに靴を磨いてほしいと思っていました。そうそう、スパイクなんかもね」

スーパースターからのご指名を受け、僕は〝天にも昇る気持ち〟になっていた。

「それに、私はもう何度も、ここであなたを見かけています。海野さんのほうが、気がついてくれなかっただけですよ」

「し、失礼しました」

そんなバカな。こんな大スターに気がつかないはずもないと思うが……。一体どこから見ていたのだろうか。

「そうそう、それはともかく海野さん。この禰宜府神社は何の神様かご存じでしたか？」

「えっ、っていうか、そうですねぇ。厄除けとか、あっ、学業ですかねぇ。いや、じゃ、安産とか」

「何を言ってるんですか、海野さん。『ねぎふ』の語源、知らないんですか？」

「えぇっと……」「うーん」「ああー」

一向に答えが出てこない僕に、針井凡人はフレンドリーな笑顔を投げ掛けながら、言った。

「では、あちらの見晴らしのいい場所にでも腰掛けて、ゆっくり話しませんか？」

「あっ、はい。ぜひぜひ」


針井凡人の後を追うように、境内の奥へ奥へと入っていくと、その先には、高台から街並みが一望できる開放的な空間が広がっていた。

雑木林を抜けた先に、こんな素敵な場所があったとは知らなかった。ここからは恵比寿タワーホテルも見えた。僕のマンションも見える。それらはあまりにも近く、向こうからもこっちが見えているかのような、そんな不思議な感覚に襲われる。

空に浮かぶいくつもの雲たちも、福笑いのような顔の形をして、僕たちのやり取りを見守っているように見えた。

一面に敷かれた芝生の上に腰掛けると、そこはふわふわと柔らかく、まるで雲の上の絨毯《じゅうたん》に乗っているように感じられた。

「うーん、この景色、いつもながら最高だ！」

針井凡人は両手を天にかざし、大きく伸びをした。

そして、ポケットからスポーツドリンクを二本取り出すと、一本を僕に差し出した。

「どうぞ！　これ、飲みますか？」

「どうも。ありがとうございます」

えっ、今受け取ったドリンクが冷えている。確かポケットから出てきたような。

「どういたしまして。私も喉がカラカラに渇いてしまいまして。では……」

針井凡人はペットボトルのキャップを開け、小さく乾杯のポーズを取ると、ゴクゴクッとスポーツドリンクを一気に飲み干してしまった。

「ぷは〜、うまい！」

首にかけたタオルで口を拭う。

「海野さんも遠慮なく。どうぞどうぞ」

「はっ、では、いただきます」

ドリンクを口に含むと、不思議な酩酊感が襲ってきた。このシチュエーションは、〝教えを賜《たまわ》る〟いつものパターンじゃないか。

「では〜、『ねぎふ』の語源の話ですが……」

針井凡人が話の続きを切り出した。

「勘のいい海野さんなら、もうすでにお気づきのことかと思いますが……」

いや、まだ、まったく何も気づいていない。僕はいつも勘が悪い。

「ねぎふ、の語源は、ネギップ、です」

「え、ねぎっぷ？」

「だから、ネギップですよ。そう。ねぎふ神社は、その名の通り、ネギップの御利益がある。ネギップの神様なんです」

「あの〜、ねぎっぷって……、何のことやら、さっぱり」

針井凡人は、さげすむような顔で僕を見ている。

「ですから。ネギップ。そう、ネバーギブアップの神様ってことですよ！」

ええっ！　そんなバカな！

ネバーギブアップを略してネギップって、ひねりがなさ過ぎる。っていうか、英語じゃないか！　ここは日本だし、どう見ても、古風な神社だし……。

「あの、ですね。針井さん。ネバーギブアップ……ですって？　それ、何かのジョークですか？」

「冗談じゃありませんよ。ネバーギブアップに、日本もアメリカもありませんよ。人類は遥か昔、マンモスを追いかけていた時代から『ネバーギブアップ』って声を掛け合い、獲物を追っていたんです。生き抜くために。それこそ命懸けでね」

まあ、それはそうなんだろうけど……。

「それにね。私が八百八十八本もホームランを打つことができたのも、実は、ネギップ・パワーのおかげなんですよ」

おっと、あまりにもふざけた展開に、この人がスーパースターだってこと、忘れるところだった。世界記録の達成者にそこまで言われると、やはり説得力が違う。

「人は皆、私のことを天才と呼びますが、そんなことありません。名前の通り、凡人なんです」

「ぼんじん？　ではないと思いますが……。非凡の凡かと」

「いいえ、私は人の何百倍もバットを振って、人の何百倍も陰の努力を続けてきました。何度諦めようと思ったか、数知れません」

「それはわかる気がします。それはそうでしょうとも」

「海野さんに伝えたいことは、『諦めない』ってことです」

「はい、諦めずに頑張ります。針井さん、ありがとうございます」

「違います！」

ばっさりと切り捨てられて、思わず「はあ?」と口から漏れた。

「あなたの言う『諦めない』と、私の言う『諦めない』は意味が違うんですよ」

「もちろん、わかってます。レベルが違いますからね」

「いや、あなたは全然わかってない」

「え?　そ、そうでしょうか……?」

「海野さん、あなたは今までさまざまな神様の教えを受けてステージを上げてきました。そして、その成功へのステージが上がるたびに、新たなる困難にぶち当たってきたはずです」

彼らは人間の姿をしたメンターだったが、僕にとっては神様に近い存在だ。

「確かに……。えっ、でも、何でそれを?」

「神様の存在に気づこうとせず、ステージを上げられない人たちもいます。そんな彼らはですね、ずっと同じレベルの悩みから抜け出せません。そのままずっと苦しみ続け、同じステージで堂々巡りをしています。でも、いったんステージが上がると、もう以前の低いレベルの問題はやってこなくなります。小学生のときの悩みなんて、大人になってからはもう、同じように悩んだりしてないでしょ?　それと同じことなんですよね」

そういえば、悪酔いのトラブルも、部下との確執も、不遇なアクシデントも、お金で困ることも、計画通り達成できないジレンマも、悪質な人間関係で悩むことも、今となってみれば〝同じレベルの困難〟はもうやってこない。

もはや僕にとっては、遠い昔の笑い話だ。

「人は確実に成長していく生き物なんです。これで安泰ってステージはないのですが、海野さんは、そろそろ最終ステージです。もう一歩で私に追いつきます」

「ま、まさか、そんな」

「いいえ、幸せのレベルは、人それぞれの願望によって違いますからね。私とあなたは生きる世界が違うだけで、運を引き寄せるレベルは近い、ということですかね」

「そうなんですか？」

「海野さん、最後にもう一人だけ、最強の神様を味方につけたらパーフェクトです。そう、それがネバーギブアップの神様なんですよ！」

そう言い放つと、針井凡人はポケットからもう一本スポーツドリンクを出して飲んだ。

おいおい、一体ポケットから何本出てくるんだ。マジシャンか！

「海野さんはもう十分に成功されている。ただ、まだ独立して三年だ。このままずっと好調に業績が推移していくと思いますか？」

「いいえ、不安で不安で仕方ありません。今までだって、よしこれでＯＫと思った途端、足をすくわれて。次はまた、どんな落とし穴が待っているのか。考えただけで夜も眠れません」

「そうでしょう、そうでしょう。おそらくこの先も、いつなんどきどんなことが起きるのかわかりませんよね。それが人生というものです。とんでもない大きな事故に巻き込まれるかもしれませんしね。海野さんは失脚して挫折を味わい、それこそ、二度と這い上がれない事態に陥るかも」

「そ、そんなぁ……」

そこまでハッキリ脅さなくても……。

「幸運ばかりが長続きする人は稀《まれ》です。世の中の著名な成功者や政治家が、失脚していくニュースを見ればわかるはずです。大体がですね、裏切り、家族の問題、病気、事故、汚職、犯罪、異性問題、借金、コンプライアンス違反、人間不信、不景気などに巻き込まれ、『奈落の底へ』って展開ですよ」

そうか、そのとおりかも。だとしたら、いつか僕だって……。結局、人間は神様に運命を弄《もてあそ》ばれているだけなのか。くそっ。

「だからって、ネガティブな解釈は禁物ですよ。それぞれの神様から『試されている』だけなんですから。つまり『幸運学校の卒業試験』みたいなものですよ」

「人生の幸運レベルは、ざっくり言うと、幼稚園レベルから、小学校、中学、高校、予備校、短大、大学、大学院レベルまであります。試練の壁というのは、困難のレベルが上がれば上がるほど、どんどん高くなっていきます。だから、大きな試練がやってきたら『来た来た～！』と喜ぶことですね。卒業試験の資格を得られたってことなんですから」

「卒業試験？」

「そんな。それって、普通の人には無理がある解釈ですよ。不幸な現実は、単なる不運だとしか考えられませんよ」

「はい。だから、大体の人は、そこで人生行き詰まって、結局、奈落の底です」

「じゃ、一体どうすれば、最高峰の幸せを手に入れることができるんですか？　というか、そもそもそんな方法があるんですか？」

「もちろん。奈落の底へ落ちない方法があります」

「ホントですか！」

針井凡人は笑顔で頷いた。

「じゃ、それをぜひ教えてください」

僕は必死の形相で針井凡人に迫った。

「まあまあ、落ち着いてください」

彼はスポーツドリンクに口をつけると、一呼吸おいて言った。

「それは『人生を諦めない』ってこと。さっきから何度も言っているキーワード。ネバーギブアップの神様を味方につける。ただそれだけです」

「それだけって……」

「誰の人生にも『壁』というものがやってきます。で、その壁は人生のステージが上がれば上がるほど、高く高く、大きく大きくなっていく。だから、どっかで諦めちゃう」

「針井さん、お願いです。教えてください。壁を乗り越えるための具体的なメッセージをください！」

「いいでしょう。海野さんがこれから目指すターゲットを達成することは、今までのように簡単にはいかないでしょうからね。『もうダメだ』と諦めそうになることが何度もあるはずです」

針井凡人は、僕のほうへ体を向けると、何かが憑りついたかのような顔に変わった。そうだ、バッターボックスに立ったときのあの勝負師の顔だ。

「海野さん、さっき『頑張ります』って言いましたよね？　あれ、やめてください」

「えっ、頑張っちゃいけないんですか？」

「はい、もちろんです。頑張れば頑張るほど、壁を乗り越えることはできません」

「でもですね、頑張っちゃいけないなんて、なんだか、ネバーギブアップの概念と矛盾してませんか?」

「いいですか、海野さん。『頑張れ!』という励ましですが、それは、日本人が大好きなフレーズですよね」

「まあ、確かに。そこいら中で飛びかってる言葉ですけど」

「『頑張れ!』『頑張ります!』と、互いに励まし合ってる。だから、頑張って努力しているという姿勢が、結果以上に評価されることもあるし、努力している人を励ます習慣もまた、日本人の尊い文化ですよね」

　それが日本人のいいところじゃないか。美学でもある。

「でもね。言い換えれば、結果が出ていなくても、頑張ったプロセスを上手に証明することさえできれば、賞賛されることもあるわけです。だから『頑張る』って、とっても便利な言葉ですよね」

「便利っていうか、つい言っちゃいますよねぇ」

「おそらく、あなたも頑張っているだろうし、それを私は否定するつもりはない。むしろその姿勢は認めてあげたい。しかし、頑張れば頑張るほど真の幸福は遠ざかっていく、ということに気づいてほしいんです。ただ単に頑張っているつもりになって、結果にこだわらない生き方をしていると、いつまで経っても力がつきません。もちろん、運も向いてきません」

「自己満足、ってことですか」

「そうそう。頑張っているという思い込みと自己満足は大変危険です。自己満足というぬるま湯ほど恐いものはない」

「ぬるま湯につかって油断していると、いつの間にか茹《ゆ》で上がって死んでしまうという、有名な『茹でガエルの法則』ですね」

「はいはい、それぞれ。だからですね、クールでストイックなまでに結果を追求する姿勢が、本当の成功を引き寄せるんです。私はプロ野球選手になってから、ずっと『頑張ります』は禁句にしてきました。だって、頑張ることは当たり前だからです。ルーティンですよね。それは」

ルーティンとは、手厳しい。僕は大きな勘違いをしていたようだ。

スーパースターの饒舌《じょうぜつ》はまだまだ止まらない。

「具体的にどう頑張るのかが大切なのであって、頑張ること自体には大した意味はないんです。頑張ること自体にのぼせあがるくらいなら、頑張らないほうがよっぽどマシです」

僕はのぼせあがっていた。完全に。

「目的・目標に向かって、効果的に頑張っているかどうかに意味があるのであって、多くの頑張り屋さんたちは大きな勘違いをしています。そう、『つもり病ウイルス』に侵《おか》されているわけ。このウイルスは今、日本の企業で働く多くの人たちが感染している恐ろしい病原菌ですよ。この病が進行すると、気づいたときには挫折という結末が待っている」

「インフルエンザより恐ろしいですね」

「はい、その通りです、海野さん。このウイルスの恐ろしい特徴の一つは、潜伏期間が長いところなんです。『頑張っているつもり』というぬるま湯の中につかっていると、さっき海野さんが言ったように、やがて茹でガエルの出来上がりです！　ダメ人間として落ちぶれるのがオチなんですよ」

「わかりました。まずは『頑張ります』を、言わないように心がけますね」

「これからの人生、『頑張ります』を死語にしてください」

「はい、わかりました。『頑張ります』を死語にするよう、頑張ります！」

「ほらっ、もう」

「あっ、すいません！　つい」

頭をかいて苦笑いする僕を見て、針井凡人はお腹を抱え、とめどなく笑っていた。

「ははは、いや、ちょっと待って。お腹が痛い。くくっ。ちょっと前置きが長くなりました」

えっ、まだ前置きだったのか。

3

針井凡人は立ち上がって「イチ、ニッ、サン」と、軽い屈伸運動をすると、話を続けた。

「人生とは、諦めの連続です。それはもうやるせないほどに、願望を手に入れられることはほとんどない、と言っていいでしょう。皆、薄々その現実に気づいているから、たいていのことは初めから諦めています」

「ええ、確かに」

「もしも叶ったらラッキーという程度の思いです。だから、ますますそのラッキーがやってこない、というスパイラルの中でくすぶっています」

「世の中、そんな人ばっかりですよね。僕も以前はそうでした」

「私のチームでさえも、『諦めの達人』がうようよしていました」

「えっ、プロの選手なのに……」

「天才が集まるプロの世界だからこそ、ですよ。自分のゴールに向かってまっしぐら、というストイックな者ばかりとは限りません。自己管理、自己責任っていうのは、一方で『マイペースでいいよ、諦めてもいいよ』という甘い誘惑と戦わなければならない世界でもあるんです。だから天才ほど挫折していきます。クスリに手を出したりね」

「ああ、そうか。なるほど」

「だから、自分の人生に淡泊な人たちは、成功することなく淘汰されてしまう。でもね、稀に諦めの悪い連中がいるのも、我々プロの世界の特徴です。私も、そのうちの一人ですけどね」

「はい。断トツでしょう。針井選手は」

「私と彼らに共通しているのは、執念深くしつこいという粘り強さです。狙い定めたターゲットには、凄まじいばかりの思いが込もっている。思いの深さから言えば、念じるほうの『念い《おも》』と表現したほうが正しいのかもしれないですね」

「凄まじいですね」

「冷ややかな周囲からの『絶対無理に決まってるじゃん』というネガティブな嘲笑など気にも留めず、最後の最後には願望を叶えてしまいます」

「凄いですね。プロは」

「特に最後の一踏ん張りは物凄い。断崖絶壁に追い込まれれば追い込まれるほど、全宇宙のエネルギーを味方にしているかのごときパワーを発揮し、『これだ！』という目的に向かって邁進《まいしん》していきます。海野さんは、そんなパワーを自分自身の中に感じたことはありませんか？」

「そうですねぇ。努力して追い込んでいるときには、たまに『神懸かっている』と思うことはありますね。どう考えても、自分一人の『力』じゃないっていうか……」

「私は、その状態を『ネギップの神様が味方についた』と言い続けています」

「ネギップの神様、ですか？」

「そう、ネバーギブアップの神様は、淡泊な人たちが陥っている『やめておこう』『もう無理だ』『諦めるしかない』というタイミングでは、絶対に力を貸してくれませんし、影も形も見えません」

「一体どうすれば、現れてくれるんでしょう？」

「それはね、海野さん。どうやら、ネギップの神様というのは、いつも少しだけ『遅刻』してやってくるんですよ」

「遅刻、ですか？」

針井凡人は、いたずらっぽく笑った。

「そう、しかもほんの少しだけ、待ち切れずに帰ってしまった直後にやってきます」

「えっ？　ってことは、私たちが待っていれば、必ず現れるんですか？」

「もちろんです。必ず現れますよ。諦めなければ、ね」

「でも、それがなかなか難しいわけで……」

「淡泊な人たちは、ある程度待っただけで耐え切れずに帰ってしまいますが、私のような執念深い変態は、しつこく待ち続けますからねぇ。いつまでも」

「いつまでも、ですか？」

「そう。神様が現れるまで、いつまでも、です。海野さん、とにかく行動し続けてください。多くの成功者は知っているんですよ。ネギップの神様が遅刻魔であるということを」

「信じてみようかなぁ。その神様」

「そうです。信じて行動し続けてください。ネギップの神様が力を貸してくれる、そのときがやってくるまで」

「はい。そうします」

針井凡人は、頷いた僕と正面から向き合った。

「海野さんは知ってますか？　どんな旱魃《かんばつ》がやってきても、必ず雨を降らせることのできる部族の話。聞いたことありませんか？」

「ええっ？　『必ず』ってそれは無理でしょ。天気を操れるわけがない」

「果たしてそうでしょうか？」

「はい、絶対に無理です」

「ところが、その部族が雨乞いを始めると、必ず雨が降るんだそうです。なぜだと思いますか？　考えてみてください」

　絶対に無理だと言っているのに……。

　しかし、スーパースターが言うからには、何か答えがあるのだろう。

「うーん。てるてる坊主をつるす、とか……」

「ははは、そんな、遠足前夜の子供じゃあるまいし」

　僕の苦し紛れの回答に、スーパースターは豪快に笑った。

「じゃ、ライオンをつるして生け贄にするとか」

「はははっ、海野さん、見かけによらず残酷ですねぇ。何でもつるせばいいってもんじゃないでしょう。それに、どちらも科学的な根拠がない」

　え？　じゃあ科学的根拠があるのか……。ますますわからなくなった。

「ああ、もう～。わかりません」

「では、正解を言いますと……」

針井選手はゴホンと咳払いをすると話し始めた。

「答えは『雨が降るまで雨乞いをする』です」

「ああ、なんだぁ。それ、ずるい」

「なんだぁ、じゃありませんよ。これこそが『人生を絶望しない』『決して諦めない』ことの本質なんです。本当に諦めないっていうのは、そういうことなんです」

確かにそうだ。そのとおりだ。僕は胸のつかえが取れた。

「なるほど。シンプルだけど意外と深いですね」

「私が八百八十八号のホームランを打ったときもそう。それまで私は、今まで陥ったことのないほどの大スランプでした。でも、私は諦めなかった。神様はシーズン最終戦の延長戦に突入してからやってくるという『遅刻魔』でしたが、最高の檜舞台《ひのきぶたい》で新記録を達成することができたんです。そのとき、ネギップの神様は間違いなく私の中にいたんですよ。今日のお参りはそのときのお礼も兼ねてやってきたんです。今も、この神社の境内《けいだい》にいる私の中に、神様が憑依《ひょうい》しているような気がしてなりません」

僕自身も今、不思議なほどにエネルギーが満ち溢れていくのを感じていた。

これからの人生、どんなに大きな試練の壁がやってきたとしても、乗り越えられる気がしていた。「諦めない」ことで、すべての願望が叶えられるのだと、理屈ではなく〝カラダ〃がそう感じていた。

4

針井凡人はおもむろに立ち上がると、腕時計を見て言った。

「あっ、そろそろ私は時間切れです。カラータイマーが鳴り始めちゃいました。急いで帰らないと」

気がつくと、日が傾きかけてくる時間だった。

「海野さん、夢の集大成の実現、心から祈ってますよ」

右手を差し出され固い握手を交わすと、感動で胸が詰まった。

「はい、今日は本当にありがとうございました」

「じゃ！」

スーパースター針井凡人は、親指を立ててウインクするや否や、韋駄天《いだてん》のように颯爽《さっそう》と走り去っていった。

独り取り残された僕は、高台からの景色を眺めた。

すると、絶景の向こうに、ごく小さな我が家のバルコニーを見つけることができた。目の錯覚だろうか。バルコニーから幸恵が手を振っているようにも見えた。

「サチに会いたい」

そう思った。今日の話を早く彼女に伝えたい。

東の空から黒い雲が広がったかと思うと、ポツリ、ポツリと雨が降り始めた。

僕は急いで石段を駆け下りる。

と、そのとき、僕の携帯が鳴った。

なぜか得体の知れない胸騒ぎがした。

5

桜舞い散る禰宜府神社の石段を、僕が駆け下りていたその夕刻のこと。

その事故は起こったのだという。

幸恵は近所のスーパーまで買い物に出かけようと、交差点で赤信号を待っていた。すると、道路の反対側から、よちよち歩きの女の子が車道を渡ってくるではないか。

交差点には大きなトラックが猛スピードで向かってくる。しかし、女の子の母親は、ママ友たちとのお喋りに夢中になり、絶体絶命の危機に気づいていない。トラックの運転手も小さな女の子が視界に入っていないのか、スピードを緩める気配がない。

それは一瞬の出来事だった。幸恵は女の子を助けようと、交差点に飛び込み、自らが犠牲となったのだ。


僕が病院に駆けつけたときには、幸恵は集中治療室の中で、機械と管につながれて包帯をぐるぐる巻きにされ、見るも無残な姿となっていた。

酷い。可哀相過ぎる。なんで幸恵が……。

「そんなバカな。こんなことって……」

茫然自失《ぼうぜんじしつ》だった。あまりのことに涙も出なかった。

僕が泣いたら現実を受け入れることになってしまう。信じたくなかった。目の前の光景を認めたくなかった。

「先生！　妻は、助かるんですか？」

白髪の医師は、静かに首を振った。

「残念ですが、もう目覚めることはないでしょう。今夜が山かと。私たちも最善を尽くしますが……」

どうか、悪い夢であってほしいと願った。


僕は一晩中、幸恵に寄り添った。

「サチ……。サチ」

何度も何度も呼び掛ける。

でも、幸恵は動かなかった。

「幸恵を助けてくれ。奇跡を起こしてくれ」

僕は神に祈った。


うっすらと窓の外が明るくなり始めた夜明け前のことだった。

僕は睡魔に襲われ、うとうとと意識が混濁していたそのときだ。

突然、幸恵が目を覚ました。

これは夢なのか。

いや、違う。

「たっちゃん、ごめんね」

「サチ！　サチ、目を覚ましたんだね。僕だよ。達彦だよ。ここにいるよ」

「うん……。たっちゃん。あの子、助かったの？」

「助かったよ。かすり傷だけだ。あの子のお母さん。泣きながらお礼を言ってたよ。サチのおかげだって」

「そう。ならよかった」

「サチ……」

「こんなことになっちゃって。たっちゃんに心配かけちゃったね」

「何言ってるんだ。サチは早くよくなることだけ考えてればいいんだよ」

「でも……私、もうダメみたい」

「そんなことない！　絶対、助かるから」

「ううん。わかるの。もうすぐお別れなのよ」

「大丈夫、絶対によくなるって！」

「たっちゃん、私の話を聞いて」

「うん。何？」

「私が死んだらね。悲しまないでほしいの。絶望しないでほしいの」

「そんなの無理だよ。サチのいない人生なんて意味ない。そうなったら僕だって生きていても仕方ないよ」

「たっちゃん。お願いだから、そんなこと言わないで。私がいなくても、しっかり生きてほしいの。靴磨きの仕事も、今までのように続けてほしいのよ」

「ああ、わかったから、サチ、死んじゃだめだ」

「あのね、たっちゃん。これはたっちゃんにとって、最後の試練なのよ。神様に試されてるの。たっちゃんには、その資格があるの。この悲しみに耐えられるかどうか……、人生に絶望せず……、諦めないで生き抜くのか……、その人生のステージにいるのよ」

「何のことを言ってるんだよ、サチ」

きっと目覚めたばかりで頭が錯乱しているのだろう。

「とにかく、お医者さん、呼ぶよ。ナースコールするから」

「待って！　話を聞いて！」

最期の力を振り絞ったかのような悲痛な声に、僕の体は一瞬で固まった。

「たっちゃん、お願いだから、ちゃんと聞いて。私の最期のお願いだと思って」

幸恵は、訴え掛けるような潤んだ瞳で僕を見つめた。僕はその真剣なまなざしに体が硬直したまま、指先の一つも動けなくなった。

「いい？　たっちゃんはね。私がこの世からいなくなっても、大丈夫。本当は強い人だから。しばらくは辛いかもしれないけど……。寂しいかもしれないけど……。仕事も手につかないかもしれないけど……。いつか時間が解決してくれるわ。だから、これからはもう誰にも頼ることなく、生きていくのよ。もう神頼みは終わりにして。たっちゃんはもう大丈夫なのよ」

「そんな自信ないよ」

「ううん、たっちゃんは凄いのよ。努力でつかみ取ったの。だから、神様に選ばれたのよ」

医師から「目覚めない」と断言された幸恵のどこに、ここまで話せる体力が残っていたのだろうか……。

「……ううっ。サチ……」

僕は涙が止まらなくなっていた。

「あのね。私が死んで一年経って、ちゃんとお仕事で努力を続けてくれたら、そのご褒美として、きっとたっちゃんの目の前に、私と同じ瞳をした女の人が現れるわ。その人を逃がしちゃダメ。その人を私だと思って大切にして。ねっ、お願い」

「サチ、バカなことを言うなよ」

「約束よ」

「……」

「私、眠るわね。じゃ、たっちゃん、さようなら」

「おい、サチ……」

「いつも雲の上から見守っているから……」

「サ、サチー！」

幸恵は別れの言葉を遺し、静かに目を閉じた。

そのとき、病室の掛け時計から秒針の音が止まって消えた。

そして、その日の晩、幸恵は息を引き取った。

月も見えない真っ暗闇の夜だった。

6

幸恵の一周忌法要も終わった頃、また桜の季節がやってきた。きっとこれからの人生、美しい桜を見るたびに幸恵の死を思い出し、胸が締めつけられるほど切ない気持ちに襲われるのだろう。

幸恵が死んでからというもの、僕は引っ越しもせずに、幸恵との想い出が詰まったこの部屋で、日々の暮らしを続けていた。バルコニーに出て空を眺めては、ひたすら幸恵を想った。

僕は死にもの狂いで働くしかなかった。異常なほど働いて働いて働いて……。そのときだけは、幸恵を忘れることができたからだ。しかし僕の頑張りに対して、会社の業績は比例しなかった。右肩下がりにみるみる落ちていった。

仕事を離れると、絶望感が襲ってきた。運命を呪った。神を恨んだ。こんなに苦しい思いをするくらいなら、幸せのステージなんて上がらなくていい。不幸は一生不幸でしかないんだ。試練なんてクソくらえだ。僕はすっかりやさぐれていた。

幸恵の後を追うことも考えた。いっそのこと、死を選ぶほうが楽になれる。

でも僕は、幸恵との約束を守り、「人生を諦めず」必死で働き続けてきたのだが……。

このまま、僕は堕ちていくのかもしれない。

ある日の明け方、僕はうなされて金縛りにあった。

夢枕に幸恵が現れたのだ。

彼女は何も語らず、悲しそうな顔でただただ涙を流していた。その涙のしずくは僕のパジャマを濡らした。

それからしばらくして、僕は眠ってしまったようだ。目が覚めて我に返ると、幸恵の姿はなかった。あれは夢だったのだろうか。

パジャマの襟がひんやりしている。触ってみると、なぜか、パジャマが濡れたままだった。

幸恵は僕に何かを伝えたかったのだろうか。


その日の僕はどうかしていた。気持ちが落ち着かずふわふわしていた。ついに僕の頭はおかしくなってしまったのだろうか。

仕事帰りの僕は、幸恵が事故に遭った交差点にいた。

いつもは遠回りしてでもこの交差点を避けてきたのだが、今日はボーッとしたまま、うっかりこの交差点にやってきてしまったのだ。

「ああ、しまった。何でこっちに」

そういえば、幸恵が事故に遭ったのも、今頃の時間だったはずだ。

「僕には、まだこの交差点は渡れない」

引き返そうかと思ったそのとき、信号が青に変わった。

すると、道路の向かい側から、目の不自由なお年寄りの手を引きながら、横断歩道を渡ってくる若い女性の姿を見つけた。

黒髪をポニーテールにした薄化粧の地味な女性だった。

僕は交差点の手前から、その二人を見ていた。

一瞬、その彼女と目が合った。

「あれっ？　なんだろう？」

この瞳の輝きは？

どこかで会ったことがあるような。

どうしようもなく胸が高鳴った。

「あっ！」

この瞳は！

忘れるわけがない。いや、忘れたくても忘れられるわけないじゃないか。

サチの瞳だ！

その瞬間、死ぬ間際の幸恵の言葉が脳裏に蘇った。

「きっとたっちゃんの目の前に、私と同じ瞳をした女の人が現れるわ。その人を逃がしちゃダメ。その人を私だと思って大切にして」
それは、すっかり忘れていた〝遺言〟だった。
なぜ、今、それを思い出したのか。
僕は夢枕に立った幸恵の涙を思い出していた。
どうしよう。声を掛けるべきなのか。でも、何て言えばいいんだ。
僕はくずくずと迷い、どうすることもできないままタイミングを逸した。
お年寄りの手を引き横断歩道を渡り切った女性は、茫然とする僕の前を素通りした。
どうすることもできず、僕は彼女を目で追い続ける。
目の不自由なお年寄りは深々と頭を下げ、彼女と逆方向へ杖を突きながら歩いていく。
そして、彼女も人ごみの中に姿を消した。
間違いない。あれは幸恵の瞳だった。
でも、どうして？
亡くなってから一年。本当に幸恵の言う通り。幸恵と同じ瞳をした女性が現れた。
これは運命なのか。
僕はしばらくその場に立ち竦み、混乱した頭の中を整理していた。

「あの～」

うまく整理がつかずボーッとしていた僕は、虚を衝《つ》かれた。

「えっ？」

驚いて声を掛けられた相手のほうへ振り向くと、信じられない光景がそこにあった。

先ほどの女性がそこにいたのだ。

「すみません、私」

「はあ……」

「私、あなたとどこかでお会いしたことがあるような……」

僕は曖昧に頷いた。

不安そうだった彼女の表情が、少しだけ緩んだ。

「どうしても、何だか気になってしまって。戻ってきたら、まだいらっしゃったもので」

「いえね、僕も、実は……。その、同じことを思ってまして。声を掛けようかどうしようかと」

「えっ、そうだったんですか」

「はい。でも、どこで会ったんでしょうか」

「はあ、さて……思い出せないのですが、どこでしょうか」

「うーん……。でも絶対にどこかで」

「私もそうなんです。不思議ですね」

「はい、ホントに」

僕たちは、目が合うと、互いに笑顔になった。

幸恵と同じ瞳が微笑んでいる。

僕は久しぶりに、心から笑えた気がした。


そのとき、空に浮かぶいくつもの入道雲が笑った。

エピローグ

1

ここ雲の上では、まさに今〝八福神サミット〟が開かれていた。神様の代表が、全宇宙から一堂に集結して行われる恒例のサミットだ。頭の上に〝天使のリング〟を浮かせた各国の神様が八人、輪になって頭を突き合わせ、雲の切れ目から下界を覗き込んでいる。

天空界最高峰の八か国首脳会議「G8」。

Gは「ゴッド」のGだ。下界の人間たちの「人生」を変える会議。そう、「人生のG8」なのである。

しかし、今日の会議には緊迫感がなかった。

すでに会場は、会議スペースからレストランへと移され、ざっくばらんな懇親会が催されているところだった。八人掛けの丸テーブルには所狭しと、天国に一番近い島ことニューカレドニア産のタヒチ料理が並んでいる。

「最愛の妻の死をよくぞ乗り越えたわ～、海野達彦。グスンッ。泣けてくるほど見事なV字回復だったわねぇ～、交差点での運命的な出会いから捲土重来《けんどちょうらい》、一転して仕事も絶好調とはねぇ～。男らしくビジネスをしっかりと持ち直したわぁ～。立派、立派！　やっぱりオトコは仕事が一番よねぇ～。『教訓』という神様からのプレゼントを、十二分に生かしてるわ～。部下のミステイクもちゃんと部下自身の成長につなげているし、人心掌握も完璧よ」

赤いドレスのおねえは、ダミ声を響かせてそう言うと、飲み干したハイボールのジョッキをテーブルに置いた。

「あとはもう、絵に描いたような成功者の道を歩むだけね」

「若くして年商八百億の優良企業に押し上げた、その努力は大したもんですよ。日本経済にも大きく貢献してますしね。いやはや、私も『ゴッドファイナンス』からかなりの融資を決済し、とことん応援した甲斐がありました。初めは彼も自分を見失って浮かれてましたが、それが今や効率的に投資する金銭感覚を学び、数十億の資産家とはねぇ。マネーとの正しいつき合い方を心得ている」

成金風の高級スーツに身を包んだ小太りの男は、金縁メガネを光らせ、ワイングラスをくるくると回しながら力説した。今日も鼻息が荒い。

「人間とは、本当に痛い思いをしないとわからないもんですな」

「ほんまやで。あのあんさん、お金と時間の使い方がわからんようやったさかい、わしがいろいろと体張って教えてやったんやけど、あの素直さがええな。靴磨きの原点に戻れっちゅう、わしのアドバイスをよう守ったわ。玉手箱のドライアイスで腰を抜かしてたんは、笑うたけどやな、まあ、ぎょーさん『期限の札』を奉納してくれはったわ。本当の夢を見つけると人間強いわな。目標は達成に次ぐ達成の嵐ちゅうわけや」

嬉しそうな顔を皺くちゃにした老人は、白い髭をなでながら、不自然なイントネーションで関西弁をまくし立て、紹興酒をがぶ飲みしていた。

「ほんまに、今日はめでたいわ。ふぁっふぁっふぁっ」

「竜宮城スイートでは、私も少しお手伝いさせてもらいましたが、やはり、サクセスストリーのスタートは『早寝早起き』からでしたね。〝規律と秩序〟のある生活がいかに大事なのか、不運続きだった彼がそこに気づいたところが幸せの分水嶺《ぶんすいれい》でした。愛の力があったとはいえ、早朝マラソンを継続することは並大抵ではありませんよ。『モーニングを制するものは人生を制す』ですね」

コンシェルジュ風の爽やかなイケメン紳士は、ミルクたっぷりなコーヒーの香りを楽しみながら、そう言ってウインクとサムズアップのポーズで微笑んだ。

「朝を大切にするあの姿を見ると、ついつい雲の上からも『旗を振って』応援したくなりますよね」

「なんといっても〝他者への貢献〟に目覚めたのには、驚かされましたわ。児童福祉施設へのボランティアは偉くなった今でも続けるし、海野財団『サチアセット・トラスト』に寄付した総額は八百八十八億円以上だって言われてるわ。その他にも、ユニセフを始め、感染症撲滅や発展途上国の医療制度への慈善活動など、世界中の社会貢献活動に従事してるのよ。他者に貢献する正しいアクション、素晴らしいじゃない。情けは人の為ならずってね」

美貌に輝く〝かぐや姫〟が優しい声でそう発言すると、ざわついていた他の神様たちも大人しくなり、一同の視線は彼女が紅茶を飲む口元に注がれた。

「私、運がよくなるように、ますます助けたくなっちゃう」

「彼の最大の課題だった〝自分への貢献〟も、最後のアベンジで完結しましたね。人がいいのにもほどがありますからねぇ。『物わかりのいい寛大さ』からくる『ニセポジティブ思考』が、どれだけ彼の運気を下げてきたのか。死神の裏切り行為に対する百倍返しのアベンジは痛快でした。目の前の問題と直面する勇気は、これからも彼自身を救っていくでしょうね」

銘柄不明の缶ビールをゴクゴクッと飲み干すと、お坊ちゃまカットのオタク君は、ずり落ちた黒縁メガネを人差し指で押し上げて叫んだ。

「ぷはーっ、旨い！　百倍旨い！」

「神社での私からのメッセージは『人生を絶望しない』、『決して諦めない』でしたが、彼はそれを忠実に実行してくれました。愛する人を失うという辛い辛い人生最大の〝試練〟に立ち向かい、ついに克服したんです。ネギップの神様はいつも遅刻してやってくることを学んだ彼は強いですよ。もう大丈夫でしょう」

国民的スーパースターとなった筋肉隆々のアスリートは、鉄分とアミノ酸たっぷりのスポーツドリンクを一気飲みすると、ストレッチしながら言った。

「彼は、私のようなスーパーヒーローになれます。これから多くの人々のメンターとなって、世界中に幸せを分け与えてくれることでしょう」


「はーい、皆さん、静粛に！」

議長席、いわゆるお誕生日席に座っている女性議長は、木槌《きづち》をトントンと叩き、鈴を鳴らした。それらの〝議長グッズ〟は、懇親会の場でも常時携帯しているらしい。

そして、雲のようなフローズンスタイルの特製カクテル〝ピニャ・コラーダ〟で喉を潤すと、まとめに入った。

「えーっ、皆さん！　これまで、長年にわたって私とチームを組み、海野達彦に気づきを与えるべく、応援してくださったこと。そのご協力に、あらためて深く感謝いたします。もともとは私が、靴磨きをしていた彼に思いを寄せてしまったことから始まったこのプロジェクト。最初は、彼のあまりの酒ぐせの悪さから冷却期間を置くなど、紆余《うよ》曲折《きょくせつ》はありましたが、『チーム八福神　海野達彦プロジェクト』のミッションはめでたく終結。私も初めての議長見習いを終え、ホッとしています。このチームは本日にて解散いたしますが、また次のターゲットが決まり次第、招集が掛かるでしょう。そのときまで、パワーを蓄えておいてください。大変お疲れさまでした」

「お疲れさーん！」

〝八福神サミット〟八か国首脳会議「G8」の懇親会は、こうしてお開きになった。


女性議長は、一人になると小さなため息をついた。

「初めてのプロジェクト、ようやく終わったようだな……」

ふいに声を掛けられた彼女が振り向くと、そこには、ヒゲ面の「G8終身名誉議長」が立っていた。

「パパ……」

「こら、パパと呼ぶな。家以外では名誉議長と呼びなさい」

「名誉議長……。はい、長年かかりましたけど。なんとかターゲットを成功に導くことができました」

「初めての『成功プロジェクト』のターゲットが、好きになった相手とはな……。辛くても、最後は、本当の運命の相手に戻してやらなきゃならん……」

「パパ……」

女性議長の目に涙がにじんだ。

「パパ……。こんな私に任せてくれてありがとう。私、彼に成功してほしかったの。靴磨きをしている姿がとってもキラキラしてたから……」

「うん。あの男は八人の強運の神と出会って成功に必要なすべてを知った。もう、おまえが近くにいなくても大丈夫だ。安心しなさい」

「うん……」

女性議長は、手にしていたピニャ・コラーダに載ったチェリーをつまむと、「あーん」と言って、雲の切れ間から下界へ落とし、つぶやいた。

「たっちゃん………」

2

下界では、土曜日の早朝、今や〝運の達人〟となった海野達彦が、駅のベンチでうなだれている一人の若者に声を掛けようとしていた。

だらしなく乱れたスーツ姿で酒の匂いをプンプンさせているその若きビジネスマンは、財布入りのバッグを失くしたばかり。まさに、失意のどん底にいた。

今やブリオーニの高級スーツを脱ぎ捨てた海野達彦は、つるしのスーツをスマートに着こなし、左手首からは数百万もしたヴァシュロン・コンスタンタンの腕時計も外されていた。人生の価値とは、欲望や見栄の支配から解放されたその先にあった。

しかし、足元の革靴だけにはこだわりがある。シルバノ・ラッタンツィ。そう、「靴のロールスロイス」だ。

ロールスロイスは、ゆっくりと失意の若者に向かって進んでいく。

「お困りのようですね。よかったら、これ使ってください」

ピン札の一万円だ。

紳士が差し出したその〝福沢諭吉〟は、親指を立て、ウインクをしているように見えた。

あとがき

本書は二〇一六年に出版した『ツイてない僕を成功に導いた強運の神様』の文庫版である。文庫化に際してタイトルを変更し、内容もブラッシュアップした。

『ツイてない僕を成功に導いた強運の神様』の前に私は九作（現在は十五作）のビジネス書を出版し、それらはベストセラーにもなった。

原著が私の著作として十作目となったのだが、過去の作品のすべてのエッセンスを詰め込んだつもりだ。物語として脚色されてはいるものの「経験則のデータ」に基づいた贅沢なコンテンツとなっている。

神様が本当にいるのかどうかを議論する必要はない。それを信じるかどうかは、人それぞれでいい。しかし、〝運のクラウド〟から発信される、ある一定の情報が存在することは間違いない。それはインターネットが目に見えない理屈と似ている。

世の多くの成功者たちはその法則を、薄々肌で感じている。

彼らはそのロジックを、あの手この手を使って伝えようとしてくれるが、科学的に証明できない自己啓発の世界においては難しいことのようだ。

しかしながら、百年前の博識者がインターネットを理解できないのと同じように、現代の私たちが「幸運の法則」をまだ理解できていないだけだとしたら、百年後には、ニュートンの法則やフレミングの法則のように、たとえば、F=q（v×B）というような方程式で、証明できる時代がやってくるのかもしれない。

おそらく私たちは、運をコントロールできない発展途上の人類なのだ。

だから私は、実体験を基にしたファンタジー小説を書き下ろし、それを証明しようと試みた。

あなたには、ぼんやりとでも理解してもらえたら幸いだ。まだ感覚や感情でかまわない。理屈より前に、行動に移してみることが大切だ。

まずは、あなたにも体験してほしい。

もしかすると、神様から選ばれた主人公に対し、初めから十分に〝ツイてる〟のではないのかと、あなたは思っているかもしれない。

しかし、それは違う。主人公の海野達彦は、決して特別な存在ではない。

彼は身近に現れた「強運の神様」の存在に気づき、素直に教えを実行に移したのだから。

〝出会い〟が運命を大きく変えることがある。あなたにも幸運な出会いは必ずやってくる。問題は、その存在に気づくかどうかだ。

もうすでにきっと、あなたのすぐ近くで神様は微笑んでいるはずだ。だからどうか、主人公とあなた自身を重ね合わせてみてほしい。

日常では見過ごしてしまいがちな、あなたへの「金言」に耳を傾けてみてはどうだろうか。普段は鬱陶《うっとう》しく感じている周囲からの「苦言」や「説教」でさえも、それは実は、あなたへの〝幸運のメッセージ〟であるかもしれないのだ。

もし、あなたが八人の神様のうち、一人でも味方につけるような生き方をしてくれるとしたなら、本書との出会いこそが、「幸運」であったことになる。

最後になったが、このたびの文庫化にあたり、『夜、眠る前に読むと心が「ほっ」とする50の物語』や『日曜の夜、明日からまた会社かと思った時に読む40の物語』などの作品で知られる人気作家・西沢泰生氏の編集協力を賜《たまわ》り、出版の機会を得ることができた。そして、祥伝社黄金文庫編集部からの的確かつ心温まるアドバイスによって、ここに本書が誕生した。謹んで関係者の方々に感謝申し上げたい。

二〇二〇年六月吉日

早川《はやかわ》　勝《まさる》

本書は２０１６年7月に刊行された『ツイてない僕を成功に導いた強運の神様』
（大和書房刊）を加筆修正し、改題して文庫化したものです。

一〇〇字書評

切り取り線

購買動機（新聞、雑誌名を記入するか、あるいは○をつけてください）

- □（　　　　　　　　　　　　）の広告を見て
- □（　　　　　　　　　　　　）の書評を見て
- □ 知人のすすめで
- □ タイトルに惹かれて
- □ カバーがよかったから
- □ 内容が面白そうだから
- □ 好きな作家だから
- □ 好きな分野の本だから

●最近、最も感銘を受けた作品名をお書きください

●あなたのお好きな作家名をお書きください

●その他、ご要望がありましたらお書きください

住所	〒				
氏名		職業		年齢	
新刊情報等のパソコンメール配信を 希望する・しない	Eメール	※携帯には配信できません			

あなたにお願い

この本の感想を、編集部までお寄せいただけたらありがたく存じます。今後の企画の参考にさせていただきます。Eメールでも結構です。

いただいた「一〇〇字書評」は、新聞・雑誌等に紹介させていただくことがあります。その場合はお礼として特製図書カードを差し上げます。

前ページの原稿用紙に書評をお書きの上、切り取り、左記までお送り下さい。宛先の住所は不要です。

なお、ご記入いただいたお名前、ご住所等は、書評紹介の事前了解、謝礼のお届けのためだけに利用し、そのほかの目的のために利用することはありません。

〒一〇一-八七〇一
祥伝社黄金文庫編集長　萩原貞臣
☎〇三（三二六五）二〇八四
ohgon@shodensha.co.jp

祥伝社ホームページの「ブックレビュー」からも、書けるようになりました。

www.shodensha.co.jp/bookreview

祥伝社黄金文庫

強運《きょううん》の神様《かみさま》は朝《あさ》が好《す》き

令和 2 年 7 月 20 日　初版第 1 刷発行

著　者　早川《はやかわ》　勝《まさる》

発行者　辻　浩明

発行所　祥伝社《しょうでんしゃ》

〒101－8701

東京都千代田区神田神保町 3－3

電話　03（3265）2084（編集部）

電話　03（3265）2081（販売部）

電話　03（3265）3622（業務部）

www.shodensha.co.jp

印刷所　萩原印刷

製本所　ナショナル製本

Printed in Japan　© 2020, Masaru Hayakawa　ISBN978-4-396-31785-0 C0130

祥伝社黄金文庫

西沢泰生
日曜の夜、明日からまた会社かと思った時に読む40の物語
あれ？　仕事って意外に面白いかも。あの著名人のとっておきのエピソードと名言40本。

植西　聰
悩みが消えてなくなる60の方法
今、悩みがありますよね？　心配する必要はありません！　この方法で悩みなんか消えてしまいます。

植西　聰
弱った自分を立て直す89の方法
落ちこんでも、すぐに立ち直れる人はここが違う！　人生の〝ツライこと〟を受け流すための小さなヒント。

石原　明
イヤな客には売るな！
あなたの仕事がうまくいかない本当の理由
儲かっている会社は、お客様を「選別」しているのだとか。〝石原式4サイクル販売戦略〟とは？

成毛　眞
日本人の9割に英語はいらない
緊急提言！「社内公用語化」「TOEIC®絶対視」「小学校での義務化」——英語偏重社会に「喝！」。

中嶋嶺雄
なぜ、国際教養大学で人材は育つのか
開学7年で東大・京大レベルの偏差値になった新設大学の奇跡！　生き残る人材の条件を浮き彫りにする。

祥伝社黄金文庫

樋口清之
完本 梅干と日本刀
日本人の知恵と独創の歴史
日の丸弁当の理由、地震でも崩れない城の石垣……日本人が誇る豊かな知恵の数々。真の日本史がここに！

樋口清之
秘密の日本史
梅干先生が描いた日本人の素顔
仏像の台座に描かれた春画、平城京時代からある張形……教科書では学べない、隠された日本史にフォーカス。

樋口清之
逆《さかさ》・日本史
〈市民の時代編　昭和→大正→明治〉
〝なぜ〟を規準にして歴史を遡《さかのぼ》っていく方法こそ、本来の歴史だと考えている。（著者のことばより）

樋口清之
逆・日本史
〈武士の時代編　江戸→戦国→鎌倉〉
「樋口先生が語る歴史は、みな例外なく面白く、そしてためになる」（京都大学名誉教授・会田雄次《あいだゆうじ》氏）

樋口清之
逆・日本史
〈貴族の時代編　平安→奈良→古代〉
「なぜ」を解きつつ、日本民族の始源に遡《さかのぼ》る瞠目の書。全国民必読のロング・ベストセラー。

樋口清之
逆・日本史
〈神話の時代編　古墳→弥生→縄文〉
ベストセラー・シリーズの完結編。「疑問が次々に解き明かされていく興奮を覚える」と谷沢永一《たにざわえいいち》氏も激賞！

祥伝社黄金文庫

和田秀樹
頭をよくするちょっとした「習慣術」
「ちょっとした習慣」でまだ伸びる！「良い習慣を身につけることが学習進歩の王者」と渡部昇一氏も激賞。

和田秀樹
人づきあいが楽になるちょっとした「習慣術」
対人関係の感覚が鈍い「人間音痴」な人々——彼らとどう接する？　また自分が「音痴」にならないためには？

和田秀樹
会社にいながら年収3000万を実現する
「10万円起業」で金持ちになる方法
実は、会社に居続けるほうが「成功の芽」を見つけやすい。小資本ビジネスで稼ぐノウハウが満載。

和田秀樹
お金とツキを呼ぶちょっとした「習慣術」
実は、科学的に運をつかむ方法が存在していた！　和田式「ツキの好循環」モデルをこっそり伝授。

和田秀樹
負けない大人のケンカ術
負けぬが勝ち！「九勝一敗より一勝九分のほうがよい」——「倍返し」できなくても勝ち残る方法があった！

和田秀樹
人生が変わる「感情」を整える本
感情は表に出していいのです。「感情コントロール」の技術を習得すれば、仕事も人間関係もうまくいく！

祥伝社黄金文庫

曽野綾子

完本 戒老録《かいろうろく》
自らの救いのために

この長寿社会で老年が守るべき一切を自己に問いかけ、すべての世代に提言する。晩年への心の指針！

曽野綾子

運命をたのしむ
幸福の鍵478

すべてを受け入れ、少し諦め、思い詰めずに、見る角度を変える……行きづまらない生き方の知恵。

曽野綾子

敬友録
「いい人」をやめると楽になる

縛《しば》られない、失望しない、傷つかない、重荷にならない、疲れない〈つきあいかた〉のすすめ。

曽野綾子

安心録
「ほどほど」の効用

失敗してもいい、言い訳してもいい、さぼってもいい、ベストでなくてもいい――息切れしない〈つきあい方〉。

曽野綾子

原点を見つめて
それでも人は生きる

昨日まで当たり前だった〈生き方〉が通用しなくなったとき、人はどこに戻ればいいのだろう。

曽野綾子

誰のために愛するか

人間は苦しみ、迷うべきもの。それぞれの「ちょっとした行き詰まり」に悩む人たちへ。曽野綾子の珠玉の言葉。